BRUCIA CON ME
VOLUME 3
di
CHRISTINA ROSS

Per i miei cari amici.
E la mia famiglia.
E soprattutto per i miei fan.
Vi ringrazio perché leggete la storia di Jennifer e Alex.

ORDINE DI LETTURA
BRUCIA CON ME, VOLUMI 1-HOLIDAY EDITION
LIBERAMI, VOLUMI 1-3
BRUCIA CON ME, VOLUMI 6-8
BRUCIA CON ME: HOLIDAY EDITION, 2
RAPITA DA TE
BRUCIA CON ME: VENDETTA
BRUCIA CON ME: HOLIDAY EDITION, 3
LIBERAMI: MATRIMONIO
UN NATALE IN STILE BLACKWELL

ROMANZI IN VOLUME UNICO:
CHANCE
RAPITA DA TE
PERSA SENZA TE
PERSA IN TE

BRUCIA CON ME
VOLUME 3

CAPITOLO UNO

New York City
Settembre

"SANNO CHE SIAMO PROPRIO su questo marciapiede!" Dissi terrorizzata ad Alex.

Mi guardai intorno. Le persone che camminavano intorno a noi in una direzione o nell'altra ci ignoravano del tutto o ci lanciavano occhiate di sottecchi, probabilmente perché Alex aveva lasciato aperta la portiera dell'auto ed era evidente che stavamo litigando.

Guardai in su e in giù lungo la strada, poi dall'altra parte. A quest'ora di notte c'era relativamente poco traffico sulla Fifth, ma la luce dei fari delle auto che si dirigevano verso il centro rendeva difficile scorgere qualcosa sull'una o sull'altra corsia.

"Da qualche parte, proprio in questo momento, qualcuno ci sta guardando."

Alex mi prese per il braccio. "Se è così, allora torna in macchina. Non fare la stupida."

Per quanto fossi furibonda con lui, non potevo non essere d'accordo: restare lì all'aperto era da stupidi. L'auto era distante quattro metri abbondanti. La portiera posteriore era aperta. L'autista era uscito con la pistola spianata, mantenendosi dietro la vettura in modo tale da essere in gran parte protetto.

Ma non completamente. Non da tutti i lati.

La vista di una pistola fece sì che la gente che passava lì accanto accelerasse. Qualcuno si mise a correre. Notai occhi spalancati e bocche aperte. Restando sul marciapiede stavo mettendo a repentaglio la vita di tutti quelli che stavano intorno a me. Dovevo assolutamente tornare in auto e discutere con Alex in un secondo momento, così chinai la testa e corsi insieme a lui.

Ci infilammo nel sedile posteriore. Alex sbatté la portiera dietro di noi e ordinò all'autista di tornare dentro e portarci via di lì.

In quel momento si sentì uno sparo di fucile. Istintivamente mi allontanai dal finestrino proprio mentre veniva colpito da una pallottola. Il vetro si incrinò ma non si ruppe: sembrò invece trattenere la pallottola in una morsa, come un ragno che avvolge nella ragnatela il suo prossimo pasto. Sentii me stessa gridare anche se fu come se mi guardassi dall'esterno. Non completamente lì. Non del tutto presente. La pallottola era sulla traiettoria della mia testa. Senza il vetro e la macchina a prova di proiettile sarei morta.

I momenti successivi trascorsero in una concitazione confusa.

Alex mi tirò vicino a sé mentre l'auto si rimetteva in moto; ondeggiando e tagliando il traffico che scendeva lungo la Fifth, l'autista si portò sull'altra carreggiata, dove fummo quasi investiti dalle auto in arrivo.

Suonarono clacson e stridettero freni. La nostra auto sterzava continuamente per procedere in avanti. Dall'altra parte della strada, vidi un'altra auto, nera, che si allontanava dal marciapiede. Ci stavamo dirigendo proprio contro di lei, a una tale velocità che il nostro autista ci gridò di stare giù e tenerci stretti.

Sta andando a sbatterci contro...

Alex prese la mia testa e se la spinse in grembo prima di coprire il mio corpo con il suo. Lo scontro che seguì ci spinse in avanti con una tale forza che sarei caduta dal sedile e probabilmente mi sarei ferita se Alex non mi avesse tenuta così stretta. E comunque il colpo fu abbastanza forte da farmi storcere il collo e sentii qualcosa cedere nella spalla destra.

All'esterno, c'era gente che urlava e gridava. Guardai Alex, vidi che sembrava stare bene, almeno fisicamente, e mi sentii sollevata e felice che non gli fosse successo niente, nonostante la rabbia di poco prima. Mi sentivo stordita, mi misi seduta e provai a muovere il collo; mentre mi massaggiavo la spalla guardai fuori dal vetro anteriore. Sulla strada, una folla si stava assiepando lungo il marciapiede e tutti si allontanavano lentamente dal centro della scena.

La nostra vettura era andata a sbattere contro l'auto nera con tale forza che la portiera dal lato del guidatore era completamente deformata. Dal cofano cominciava a salire fumo. Vidi del sangue sul finestrino rotto dalla parte dell'autista, troppo perché potessi capire, ma non c'era traccia di persone. Nessun segno di qualcuno ferito che stava lottando per uscire. Mi si strinse lo stomaco mentre il cervello correva alle peggiori possibilità: chiunque fosse all'interno era o morto o pronto per agire nonostante le ferite.

"Non muovetevi," ci ordinò l'autista. "Non lasciate l'auto a meno che non sia io a dirvelo."

Con la pistola spianata davanti a sé, lasciò l'auto, si accucciò e lentamente si spostò sul davanti. Tutto intorno a noi, il traffico o schizzava via o si muoveva lentamente perché i passeggeri potessero osservare il più possibile prima di essere costretti a procedere.

Di nuovo suonarono i clacson. In lontananza ululavano le sirene della polizia. Qualcuno sul marciapiede doveva aver chiamato il 911. Dovevano aver riferito che c'era qualcuno vicino a una Mercedes nera con la pistola puntata su un bersaglio dall'altra parte della strada. Mi girai verso Alex, vidi la sua espressione torva e poi guardai l'autista che si stava avvicinando con cautela all'altra auto.

"Potrebbero sparargli," dissi ad Alex.

"Indossa un giubbotto antiproiettile."

"Sulla testa? È il petto, l'unico posto dove potrebbero sparargli?"

"È addestrato, Jennifer. È molto di più di un semplice autista."

"Richiamalo. Digli di aspettare la polizia."

Ma Alex non rispose né reagì. I suoi occhi rimasero fissi sull'autista. Vidi che la sua mano era sulla maniglia della portiera e che era pronto a entrare in azione se fosse stato necessario. La paura si insinuò dentro di me, intrecciata all'adrenalina e attizzata dall'istinto. Se avesse deciso di scendere dall'auto per aiutare l'autista, non sarei stata in grado di trattenerlo. Era troppo forte. E non ci sarebbe stato modo di fargli cambiare idea se era quello che voleva fare. Era evidente che pensava che i suoi pugni sarebbero stati sufficienti ad aiutare l'autista se il cecchino dell'auto era vivo e stava aspettando di sparare a chiunque si fosse mostrato per primo.

"C'è un'altra pistola, qui?" Chiesi.

Quando parlai Alex sembrò tornare in sé. Strizzò gli occhi e mi guardò con una furia che non gli avevo mai visto prima e poi si allungò dietro al sedile. Con uno strattone deciso, liberò una pistola dall'aspetto sofisticato. Era liscia, con una finitura di metallo grigio, scuro e opaco. A parte quello che avevo visto in televisione o al cinema, non sapevo praticamente niente di armi. Ma anche quella vista fu sufficiente per darmi un'idea di base di come funzionavano.

E Alex? Mi sembrava evidente che era a suo agio con la pistola. Con agilità, spostò la parte inferiore dell'impugnatura, che scivolò fuori in modo che lui potesse guardarci dentro, immagino per controllare le munizioni. Soddisfatto, richiuse il caricatore nella pistola e osservò l'autista avvicinarsi all'auto danneggiata, che ora emetteva tanto fumo che non mi preoccupavo più tanto del fuoco, quanto di un'esplosione.

"State giù!" Urlò l'autista verso l'auto. Ora era sul marciapiede e si avvicinava lentamente verso il finestrino dal lato del passeggero. "State giù o sparo!"

È ancora viva la persona lì dentro?

La folla sul marciapiede sembrava andare e venire, come una marea che si lasciava portare dalla corrente della curiosità per poi essere spinta indietro dalla paura. Ma questa città non era altro che una città di eroi e dal modo in cui si comportavano alcuni giovani tra la folla, alzandosi in punta di piedi, saltellando per trovare una posizione, cercando il modo di infilarsi e aiutare, intuivo che la situazione stava per sfuggire di mano.

"Guarda il fumo," dissi ad Alex. "L'auto prenderà fuoco o esploderà. Fallo tornare. Dobbiamo metterci a distanza di sicurezza e aspettare la polizia. Stanno arrivando. Lasciamo che se ne occupino loro."

"La polizia potrebbe arrivare troppo tardi."

"Perché fai così?"

"Perché ti hanno sparato una cazzo di pallottola. Hanno cercato di ucciderti. Chiunque l'ha fatto è in quell'auto. Pensi davvero che uno di noi due li lascerà andare dopo quello che hanno fatto? Che non gliela faremo pagare? Pensi che io lo permetterò? Stai scherzando, Jennifer?"

Prima che potessi aggiungere una parola Alex aprì la portiera e uscì nella notte. Raggelata, lo guardai muoversi, acquattato, verso l'autista e la vettura che avevamo danneggiato.

Terrorizzata dalla possibilità di perderlo, sedevo trattenendo il fiato e osservandolo mentre si chinava, con la pistola saldamente davanti a sé. Cominciò a muoversi verso l'autista, che improvvisamente fece un movimento all'indietro, quando una scintilla di fuoco eruppe da sotto il cofano. Guardai Alex allontanarsi da lì sorpreso.

Anche se le sirene si stavano avvicinando a noi, e quindi la polizia era praticamente sul posto, dovevo fare qualcosa. Dovevo allontanarlo da quell'auto prima che gli accadesse qualcosa di serio.

E così uscii anch'io.

"Allontanatevi tutti, giù lungo la strada!" Gridai a lui e alla folla. "Allontanatevi dall'auto! Mettetevi al sicuro!"

In quel momento, il fuoco prese piede e cominciò a crescere. Le fiamme erompevano da sotto al cofano, vi si arrotolavano sopra e intorno e si sollevavano in aria. La gente sul marciapiede iniziò subito a muoversi per allontanarsi, sapendo cosa sarebbe potuto succedere.

"Jennifer!" Gridò Alex.

Ma era troppo tardi.

Uno degli uomini che avevo notato prima in mezzo alla folla schizzò in avanti e con un calcio colpì la portiera dal lato del passeggero, fracassandola sul colpo. Era giovane, in forma e forte. Mi misi una mano sulla bocca mentre lui istintivamente si tirava indietro girandosi sul fianco nel caso la persona all'interno reagisse facendo fuoco. Una donna gli gridò di tornare da lei. Lui ubbidì, tornando accovacciato verso la folla brulicante. Alex mi guardò e mi ordinò di andare lungo la strada, lontano dall'auto.

Ma io mi avvicinai. Potevo sentire il calore spingere contro la pelle e tenderla. Ero spaventata a morte, ma mi sarei dannata pur di non perderlo ora, anche se con lui ero veramente infuriata. L'unico modo in cui se ne sarebbe potuto andare ora era insieme a me. Lo guardai negli occhi. "Non mi allontano senza di te. Seguimi più giù lungo la strada."

Lui si girò per guardare l'autista, che ora era vicino all'auto e puntava la pistola attraverso il finestrino rotto. Verificò la situazione e dopo un momento si allungò verso l'interno. Lo vidi muovere la mano e poi muoversi tutto indaffarato.

"È morto," disse ad Alex mentre apriva la portiera dal lato del passeggero. "Tu e Jennifer dovete andarvene di qui. Ora. Prima che questa cosa esploda. Allontanatevi, lungo il marciapiede. Andatevene così posso fare il mio lavoro."

Alex e io cominciammo a indietreggiare. L'autista trascinò un uomo sul marciapiede e lontano dall'auto. Alex e io lo guardammo da dietro le spalle e poi ci girammo e cominciammo a correre.

Cercammo di correre.

In quel momento l'auto esplose.

E proprio in quel momento la forza d'urto dell'esplosione sollevò Alex e me da terra facendoci fare una capriola nell'aria bollente.

Atterrammo pesantemente a terra, uno di noi in mezzo al traffico in arrivo.

E in quel momento cambiò tutto.

CAPITOLO DUE

Fortunatamente, nessuno dei due riportò ferite gravi. Io mi tagliai il braccio cadendo sulla strada e presi un colpo forte al fianco, tanto che due giorni dopo l'incidente mi faceva ancora male quando camminavo.

Alex era quello conciato peggio.

Aveva abrasioni sul volto e sulle mani e gli fu diagnosticata una seria commozione cerebrale, dovuta al fatto che aveva battuto la testa sull'asfalto. Non era in pericolo di vita, ce l'avrebbe fatta, ma era in ospedale e lo tenevano sedato per farlo riposare. Avevano in programma di tenerlo un giorno in più per assicurarsi che stesse bene prima di dimetterlo.

Quello che sapevo con certezza era che quella sera avrei potuto perderlo se fosse stato investito da una delle auto che invece avevano prontamente sterzato per evitarlo. Era stato fortunato. Io ero stata fortunata. Avrebbe potuto andare tutto molto peggio.

Ma doveva proprio accadere?

Questa era la domanda che ora mi sfiniva. A un certo punto delle nostre vite, dobbiamo tutti prendere decisioni importanti nel giro di pochi secondi e, col senno di poi, ci chiediamo se siano state decisioni sagge. Se avessimo la possibilità di rivivere tutto, rifaremmo le stesse scelte? O, nell'eccitazione del momento, sarebbe stato possibile fare qualcosa di diverso?

Se avessimo avuto la possibilità di riflettere, avremmo agito in un altro modo?

Quando ero giovane e mio padre mi maltrattava, avrei dovuto fare qualcosa per impedirgli di picchiarmi, soprattutto sapendo quello che sapevo ora come adulta? Sarei dovuta andare da un vicino, da un insegnante o forse dallo psicologo della scuola a dire che, nonostante la vergogna che provavo per non essere la figlia che mio padre desiderava (se mai, in effetti, mi avesse davvero desiderata), a casa mi accadeva qualcosa di brutto e non voluto? E che forse sarei stata meglio con una nuova famiglia che avrebbe potuto volermi bene?

Secondo quello che so ora, avrei dovuto farlo di certo. Ma da bambina, senza rendermi conto che gli accessi di rabbia di mio padre avevano poco a che fare con me e molto più con il fatto che era un ubriacone, ero rimasta in silenzio. Subivo la sua violenza perché, per anni, era tutto quello che conoscevo. Venire picchiata e insultata era così frequente che mi ero abituata. La sua violenza era dietro ogni angolo: come un cane da guardia che, una volta svegliato, arrivava sempre di corsa e mostrando le zanne.

Prima di crescere abbastanza per capire la verità, la frequenza con cui mio padre si scagliava contro di me mi sembrava normale, pensavo che la vita fosse così. Allora ero impotente. Guardando indietro, potevo trovare delle scusanti per il mio comportamento da bambina. Ma ora? Dopo aver passato due giorni in ospedale a prendermi cura di Alex? Non ero per niente sicura che quello che avevo fatto quella sera fosse la cosa giusta.

Rivivevo in continuazione con la mente quegli eventi, come un film. Mi aveva tradita tenendomi nascosto che la sua vita era minacciata? Sul momento pensavo di sì. Avevo appena ricevuto una minaccia contro la mia stessa vita, che aveva provocato la collera e le decisioni che avevo preso in seguito quando eravamo finiti letteralmente nel mirino. Poi avevo agito spinta dalla paura per me, per lui e dalla rabbia contro di lui. Poi era successo l'impensabile fino ad arrivare al punto in cui eravamo ora.

Sarebbe steso in un letto di ospedale se io non fossi intervenuta?

Questa domanda mi perseguitava. Era una domanda cui non potevo rispondere. Perché se non avessi cercato di tirarlo via da quell'auto in fiamme, non so cosa sarebbe stato di lui.

Avrebbe perso la vita se fosse rimasto in quella posizione un momento di più? Era possibile. O senza il mio intervento avrebbe dovuto solo riprendersi da una commozione cerebrale come ora? Chi lo sa? Io non lo sapevo e non lo avrei mai saputo. Quel che era peggio è che pensavo ci fosse la possibilità che, se io non lo avessi distratto quella sera, forse si sarebbe allontanato da solo e non gli sarebbe successo niente. E non si troverebbe in questo letto d'ospedale. Forse invece di essere sofferente sarebbe stato bene.

Lo guardai e il mio cuore soffrì per lui. Dormiva profondamente. I dottori dicevano che si sarebbe ripreso. Solo questa mattina era rimasto sveglio abbastanza a lungo perché potessimo parlare per un poco.

"Sono stronzate," aveva detto quando aveva saputo che lo avrebbero trattenuto un altro giorno. Era intontito dai medicinali e farfugliava ma gli occhi erano piuttosto limpidi e mi ero attaccata a questo come un buon segno.

Non discussi con lui perché avevo preso le parti dell'ospedale e volevo che si fosse ripreso del tutto quando lo avrebbero dimesso. Mi allungai per prendergli la mano e la strinsi. Il giorno prima aveva dormito per quasi tutto il giorno, scambiando con me solo poche parole, la maggior parte delle quali non avevano senso perché era completamente fuori.

"Stiamo bene?" Mi aveva chiesto prima.

"Stiamo bene. Meglio di bene."

"Sono stato preoccupato."

"Non c'è bisogno di preoccuparsi."

"Pensavo fosse uno scherzo, Jennifer. Lo giuro..."

"So che è così. Ho avuto una reazione esagerata."

"Non è così. Avrei dovuto dirtelo. Avrei dovuto prenderla seriamente prima che andassimo nel Maine. Ma non l'ho fatto. Mi dispiace."

"Se qualcuno deve chiedere scusa, sono io. Se non fossi uscita dall'auto, niente di tutto questo sarebbe successo."

Chiuse gli occhi. "Ma non possiamo saperlo, no?" La sua voce divenne fievole e sentivo la sua stanchezza. "In ogni modo, quel bastardo avrebbe cercato di fare qualcos'altro, che avessimo continuato a guidare o no."

Quando tornò a dormire, pensai a quello che aveva detto e decisi che non sapevo se fosse vero. Non avrei mai saputo se fosse vero. Quello che era successo quella sera si era svolto in modo così rapido che non ero sicura di niente, se non del senso di colpa che ora mi opprimeva, indipendentemente dal fatto che fosse giustificato. Quel senso di colpa che era stato mio compagno per anni... eccolo di nuovo, posato sulla mia spalla che mi pungolava proprio come aveva fatto quando ero bambina, quando mi sentivo in torto per non essere la figlia che mio padre avrebbe voluto.

Ora, guardavo Alex dormire. Osservando le abrasioni sul suo volto e sulle mani, cominciai a piangere di nuovo. Piangevo per Alex, piangevo per gli errori che potevo aver commesso e piangevo per tutto quello che era successo quella sera, eventi dei quali forse non avrei mai saputo niente di più, anche se ora la polizia e l'FBI stavano indagando.

Fu in quel momento, quando mi sentivo vulnerabile al massimo, che la Blackwell entrò nella stanza.

CAPITOLO TRE

Per un momento restammo semplicemente a guardarci, poi il suo sguardo si posò su Alex, che stava russando piano. Quando si girò verso di me aveva tra le mani un vaso di peonie bianche, che appoggiò su un tavolo già colmo dei fiori inviati ad Alex dai tanti amici.

Poi mi si avvicinò e, senza una parola, si chinò e mi prese il volto tra le mani. Mi lasciò per pescare un Kleenex dalla borsetta che portava a tracolla. Con cura, mi asciugò le lacrime dagli occhi, strisciando con cura il fazzolettino dove probabilmente era colato il mascara e mi sorrise in un modo così delicato da essere particolarmente confortante.

Mi sollevò il mento con l'indice, mi controllò il viso con sguardo critico e poi ficcò di nuovo la mano nella borsetta. Prese una cipria di Chanel e mi tamponò sopra gli occhi e poi sul resto del viso. In silenzio, indicò le proprie labbra, poi le mie e fece un gesto con la testa indicando la mia borsa, che era appoggiata ai miei piedi.

Tese una mano. Io presi la borsa e gliela porsi. Trovò un rossetto, mi tenne fermo il mento con una mano e con l'altra lo riapplicò.

"Voilà," mi sussurrò all'orecchio quando ebbe finito.

"Grazie." Sussurrai a mia volta.

"Ti ho tenuta d'occhio. Non hai mangiato niente in due giorni ed è inaccettabile anche per me. Quindi, vieni," mi disse nell'orecchio. "Tu e io andiamo a mangiare, parleremo e verremo a capo della cosa, almeno in parte."

LASCIAMMO LA STANZA di Alex e ci recammo nel corridoio esterno, dove due guardie erano appostate sui lati della porta... una vista che mi fece rabbrividire. L'ospedale era il Presbyterian di New York, sulla East Sixty-Eight Street. Per dieci minuti, seguii la Blackwell attraverso sale affollate e corridoi, tra ascensori e atrii e infine nel seminterrato dell'Edificio F, dove c'era il Garden Café.

Una delle guardie ci seguì. Era in borghese e discreto, ma la sua presenza indubbiamente mi ricordava tutto quello che stavo cercando di dimenticare.

Concentrati sulla Blackwell. Lascia che lui faccia il suo lavoro.

Il caffè sembrava avere tutto. Una zona affettati ricchissima, un salad bar, insalate e sandwich da gourmet, sushi e anche un banco sul tema dell'esposizione universale. Con mia sorpresa, la Blackwell non si diresse verso il salad bar. Andò invece dove si servivano hamburger e hot dog.

"Cosa desidera?" Chiese l'uomo dietro al banco.

Lei alzò lo sguardo verso il menu e prese una decisione imperativa, come erano sempre le sue decisioni. "Doppio hamburger con triplo formaggio, pomodori, bacon, avocado, ketchup e maionese. Tanta maionese. Non risparmiare, non lo sopporto. Riempilo finché straborda. E patatine grandi, intendo una porzione molto abbondante. Pagherò un extra se devo. E assicurati che siano belle calde, non accetterò niente che per tutta l'ultima ora abbia sofferto una morte lenta in un contenitore sotto quelle terribili lampade di calore. Voglio patatine fritte appena cotte nell'olio bollente. E una Coca Light." Fece una strana faccia, sembrò riprendersi e poi scosse la testa. "Lascia perdere l'ultima parte. Cancellala dalla memoria. Dammi una Coca Cola e grande. Poco ghiaccio. Non provare a imbrogliarmi sulla bibita."

Stava ordinando per me? Non poteva essere per lei. Lei era il tipo che mangiava ghiaccio per cena. "È per me?" Chiesi.

"No, Jennifer. È per me. Non giudicare. Oggi, ci viziamo, proprio qui al Garden Café. Ordino lo stesso per te?"

Non potei nascondere la mia sorpresa. "E questa proposta viene da una donna che pretende che io mangi solo vegetali?"

"Rispondi alla mia domanda."

"Prenderò tutto tranne l'avocado."

"Tranne cosa?"

"Tranne l'avocado."

"Sei una sciocca."

"Non mi piace l'avocado."

"Cosa diavolo ha l'avocado per non piacerti?"

Scrollai le spalle.

"Va bene. Niente avocado. Che spreco. Mettiamo un milkshake al posto della Coca? Vaniglia? Cioccolato? Non guardarmi in quel modo. È la tua occasione d'oro. Te la sto offrendo su un piatto d'argento."

"Il milkshake al cioccolato può andare..."

"Lo penso anch'io." Si girò verso l'uomo. "La stessa cosa per lei, solo senza avocado, per quanto possa sembrare assurdo, e un milkshake al cioccolato al posto della Coca Cola. Dò buone mance, anche in posti come questo dove non lo fa nessuno. Quindi, fai in modo che i nostri pasti valgano la pena, ok?"

Lui la guardò in modo divertito. "Certo che posso far sì che ne valga la pena."

"Cosa significa?"

"È a proposito della carne," disse. "È sempre a proposito della carne."

"Perché mi sembra volgare?"

Il sorriso dell'uomo si allargò.

"Spiegati."

"Ecco, qui potete avere la carne magra, che è secca e senza gusto, una cosa che non darei nemmeno al mio cane. Oppure potete scegliere il macinato di tacchino, che è un insulto all'hamburger. Oppure potete fare la cosa giusta."

"E quale sarebbe la cosa giusta?"

"Gli hamburger davvero buoni sono pieni di grasso... circa il trenta percento di grasso. Vuole questo tipo di grasso, signo'?"

"Miss, per lei. E, sì, vogliamo entrambe quel tipo di grasso."

"Abbonderò. L'ospedale mi ringrazierà tra qualche anno."

La Blackwell sembrò apprezzare quel piccolo scambio e considerò l'uomo con occhi diversi. "Sei un tipo particolare. Come mai lavori qui?"

"Me lo chiedo tutti i giorni. Ci sono finito."

"E allora finisci fuori di qui. Sei ingegnoso. Me ne sono accorta."

"È quello che dice mia madre."

"È una donna intuitiva. Sai cucinare?"

"Sono il cuoco, qui."

"E perché prendi le ordinazioni?"

"Sheila si è data ammalata."

"Chi diavolo può chiamare la figlia 'Sheila'? Gesù. Hai fatto una scuola di cucina?"

"Non me la sono potuta permettere."

Infilò la mano nella borsetta e tirò fuori un biglietto da visita. "Contattami. La società per cui lavoro ha un fondo che copre le spese di formazione a coloro che ne hanno bisogno. Se tu hai bisogno, non ho idea se sia davvero così perché non sono affari miei, e vorresti fare una scuola di cucina, chiamami a quel numero. Giudicherò dai tuoi hamburger e soprattutto dalle patatine fritte, e partiremo da lì. D'accordo?"

"Signo', dice sul serio?"

"Sono Miss Blackwell per te. E sono seria. Sono sempre seria. La gente dice che sono anche troppo seria. Potrebbero avere ragione. Non importa." Gli fece un cenno con un mezzo sorriso. "Ci sediamo là. Vedi quel tavolo? Quello rotondo? Proprio lì. Ci servirai tu?"

"Certamente."

"Buona giornata. Qual è il tuo nome? Non vedo la targhetta."

"Charlie."

"Nessuno chef che si rispetti si chiama 'Charlie'."

"È il mio nome."

"Era il tuo nome. Allora, Charles, ti farò sapere com'è il cibo. Metticela tutta. Fai del tuo meglio e vediamo cosa otteniamo. Perché questa donna...” Indicò con l'indice verso di sé. “Questa donna mangia in questo modo solo una volta all'anno.”

“Farò del mio meglio, Miss Blackwell.”

Mise un biglietto da cento dollari sul banco e fece per andarsene. “Non ne dubito, Charles.”

“È INTERESSANTE,” DISSI prendendo posto a sedere.

“Cosa è interessante?”

“Se lui accetta la sua offerta, potrebbe avergli appena cambiato la vita.”

“E quindi?”

“È stato gentile da parte sua.”

“Non sono una perfetta stronza, Jennifer. La sembro.”

Per la prima volta in due giorni mi misi a ridere. “No, non la è. Lei è complicata e meravigliosa e spaventosa e brillante e talentuosa e qualche volta anche commovente. Non ho mai conosciuto nessuno come lei, ma sono contenta di averla conosciuta.”

Mosse la mano per non dare importanza. “Solo perché ti ho rinfrescato il volto e rimesso il rossetto poco fa.”

“Sa che non è così, siamo serie. Sono contenta che lei sia qui, per più motivi di quanto immagina. Sono arrivata a contare su di lei e considerarla un'amica.”

“Nessuno mi considera mai un'amica.”

Mi studiò un momento in modo tale che intuii che stava dicendo la verità. Forse non aveva molti amici. Se aveva sempre vissuto in questa città di ghiaccio e potere, soprattutto al suo livello, la vera amicizia era difficile da trovare. Era probabilmente così.

“Beh, io sì.”

“Va bene.” Mi guardò in modo quasi materno. “Stavi piangendo quando sono entrata nella stanza. Perché?”

“Lei sa perché.”

"Alex starà bene."

"Non è per quello."

Sollevò il mento. "Allora no. Senti, Jennifer, sto cercando di trovare una soluzione. Non voglio facilitarti la vita. Voglio essere logica e aiutare, ma non aspettarti più di questo. Il mio obiettivo oggi è farti concentrare e andare avanti."

"Con cosa?"

"Con tutto. E, sì, compresa la tua relazione con Alex, che vorrei considerare. Penso che tu sia la donna giusta per lui. E sono protettiva nei suoi confronti più di quanto lo sono nei miei, quindi tienilo ben presente. Per come vedo io la situazione, correggimi se sbaglio, tu non avevi idea che la vita di Alex fosse minacciata fino alla sera della festa. Giusto?"

"Sì."

"E lui sapeva tutto prima che voi partiste per il vostro viaggio romantico nel Maine. Giusto?"

"Sì."

"E le cose che sono successe tra voi nel Maine ti fanno sentire tradita perché lui non ti ha detto niente. Pensi che lui avrebbe dovuto dirti cosa stava succedendo prima che le cose... procedessero. Ho ragione?"

Io sospirai. C'era qualcosa che non sapeva? "Sì."

"Allora dobbiamo parlare."

"Ho bisogno di parlare con qualcuno."

"Non hai sentito la tua amica, Lisa?"

"Solo di sfuggita. Potremo chiacchierare meglio più tardi. Ma due amiche sono meglio di una."

La Blackwell quasi arrossì. Si schiarì la gola e sembrò rimettersi in sesto. Era come se l'idea che io la considerassi un'amica fosse incredibile per lei.

"Comunque, questo è il motivo per cui sono passata oggi," disse. "Ti ho vista ieri. Non sono sicura che tu mi abbia vista. Ieri ho messo dentro la testa per vedere Alex. Tu eri così presa in qualunque cosa stavi rimuginando che sembravi non notare altro. Così me ne sono andata. Ma mi è sembrato evidente che tu fossi da qualche altra parte e ho la sensazione che si trattasse della disperata terra della colpa. Tu pensi che lui sia qui a causa tua, vero?"

"Certo. In tanti sensi lui è qui per colpa mia."

"Perché lo pensi?"

"Perché ho reagito in modo esagerato quando ho scoperto che non mi aveva detto della minaccia. E poi ho ricevuto una minaccia anche io. Quello che ho prodotto da allora ha portato ad adesso."

"Quello che *tu* hai prodotto?"

"Certo. Quello che *io* ho prodotto."

"Ma dimmi chi non avrebbe avuto una reazione esagerata al tuo posto?"

"Molti non l'avrebbero avuta."

"Dimmi un nome. Io certamente avrei avuto una reazione esagerata, se proprio la vuoi chiamare esagerata, cosa di cui non sono affatto convinta. Detto questo, sarei stata furiosa con lui. E anzi, ora che so che andrà tutto bene, io *sono* furiosa con lui per non aver preso quella minaccia in modo più serio. Stiamo parlando della tua vita, Jennifer, e della sua. Lui ha ignorato una minaccia evidente. Lo ha già fatto. Diavolo, lo ha fatto ripetutamente da quando sono morti i suoi genitori e lui ha assunto la direzione della Wenn."

Vidi la mia occasione e la presi al volo. "Come sono morti i genitori?"

Mi lanciò uno sguardo curioso. "Non lo sai?"

"No. Aspettavo che fosse Alex a dirmelo. Nel Maine, mi ha raccontato diverse cose su di loro e sulla sua relazione con loro. Mi ha detto che non si piacevano ma non mi ha mai detto come sono morti."

"A dire il vero, era molto di più che non piacersi tra sua madre e suo padre. Si odiavano apertamente."

Il modo in cui lo disse era caustico. Una volta mi aveva detto che era vicina alla madre di Alex. Per un attimo, il suo umore cambiò portandola in un posto oscuro che si coglieva negli occhi e coloriva la sua espressione.

"Non potevano essere molto vecchi quando sono morti."

"Non lo erano."

"È successo loro qualcosa?"

"Non l'hai cercato su Google? Non è affatto un segreto, Jennifer."

Cosa, non è un segreto?

"Ho pensato di cercarlo, ma mi sembrava di essere indiscreta e non l'ho fatto."

"E ora non sei indiscreta?"

"Ora *sono* indiscreta. Voglio sapere. Ho bisogno di capirlo meglio. E lei non si sta comportando come al solito, ora, per qualche motivo. Cos'è successo?"

"Sei sicura che vuoi sentirlo da me o preferisci aspettare che te lo racconti Alex?"

"Sono informazioni pubbliche. Avrei voluto sentirle da lui. Ma ormai? Perché aspettare più a lungo?"

"Va bene. Si tratta di un omicidio-suicidio. Il padre di Alex ha sparato in testa a Constance. Poi ha rivolto la pistola contro sé stesso."

Non riuscivo a credere a quello che avevo sentito. Non potei trattenere la sorpresa nella mia voce quando parlai. "Non dice davvero..."

"Vorrei che non fosse la verità."

"Quando è successo?"

"Quattro anni fa. È successo un mese prima che perdesse Diana. Quindi, nel giro di un mese Alex ha perso i genitori e la moglie."

Mi venne da ripensare rapidamente a quanto tutto questo doveva averlo colpito. "Perché suo padre ha fatto una cosa simile?"

"Perché voleva il divorzio. Constance si rifiutava di concederglielo. La cosa è andata avanti per tanti anni, almeno venti. Lei non gli voleva concedere il divorzio perché era convinta che lui l'avrebbe rovinata socialmente. E aveva ragione: lui l'avrebbe fatto."

"È quello che mi ha detto Alex."

"Quindi Alex conosceva suo padre. Dopo un litigio particolarmente violento e accentuato dall'alcol, durato fin oltre la mezzanotte, quel figlio di puttana è andato a prendere la pistola e ha sparato a Constance in camera da letto. Immagino che quando si è reso conto di quello che aveva fatto, pensando allo scandalo e alla prigione che lo aspettavano, il codardo si sia sparato. Fine della storia per loro ma inizio di un cambiamento radicale nella vita di Alex." Scosse la testa. "Qualche volta penso che non gli importi di quello che gli può accadere. Non tanto per quello che è accaduto ai suoi genitori, la cui relazione era dolorosa per lui, ma per come l'ha colpito la morte di Diana. Da allora è sempre stato completamente assorbito dal lavoro ma in qualche modo disorientato."

"Finora l'ho detto solo a Lisa: lui mi ha scritto una lettera. L'ha chiamata una lettera d'amore e suppongo che sia questo. Me l'ha data quella sera sul tetto del grattacielo. Nella lettera diceva che è innamorato di me. Se è vero, perché non mi ha detto niente di tutto ciò, dalla morte dei suoi genitori alla minaccia?"

"Non ne ho idea. Non diversamente da te, Alex ha un muro intorno a sé, dovuto certo a quello che ha passato." Mi guardò. "Tu sei innamorata di lui?"

"Non lo so. Penso di sì. Forse."

"Come fai a non saperlo?"

"Perché non sono mai stata innamorata prima."

"Allora lascia che ti dica cosa ho visto io. Ho osservato sia te che lui e vi ho studiati insieme e quello che ho colto sempre più è una coppia che si sta innamorando. Alex sa cos'è l'amore. Tu magari non lo riconosci così rapidamente perché non lo hai mai provato. Ma la donna che ho visto in quella stanza poco fa? Quella che piangeva accanto al suo letto? Quella era una donna innamorata. Quella era una donna nel privato, che non stava facendo la scena per gli altri perché si dà il caso che il suo ragazzo sia un milionario e ci si aspetta che lei mostri dolore. Eri tu sola con Alex, che stava dormendo e non poteva vedere in che stato ti trovavi. E quando io ti ho vista così? Ho capito tutto. Tu sei innamorata di lui. È così che ci si sente, almeno in queste situazioni. Quando va bene, è anche tutto quello di cui hai sentito e hai letto. Può essere delirante e meraviglioso e può renderti più felice di quanto tu sia mai stata in vita tua. Ma può anche farti cadere in ginocchio, che è dove sei ora. Hai mai accennato a quello che provi per lui?"

"Non a parole. Ma fisicamente, sì." Feci un respiro e decisi di buttar fuori tutto. "Può sembrare patetico alla mia età, ma lui mi ha tolto la verginità. Non ho alcun dubbio sul fatto che lui abbia capito quanto quello fosse un momento importante per me e che, dopo aver aspettato così a lungo, non mi sarei concessa a chiunque. Così, se mai gli ho fatto sapere qualcosa di veramente significativo, è stato attraverso quella decisione."

"Va bene, ma qualche volta le persone hanno bisogno di sentire le parole. Perché non gli puoi dire quello che provi?"

"Non credo che vorrebbe sentire tutta la storia."

"Perché?"

Conoscevo la Blackwell abbastanza bene da sapere che non avrebbe mollato la presa, così mi aprii un po'. "Mio padre mi ha maltrattata quando ero bambina. Mia madre non ha mai fatto niente per fermarlo. Venivo picchiata regolarmente. Come risultato, ho una laurea con lode emerita in problemi di fiducia."

"Mi dispiace."

"È andata così. Certo non posso cambiare il passato."

"Sono d'accordo fino a un certo punto. Non puoi cambiare il passato e non puoi certo dimenticare. Ma tu hai tutto il controllo sul presente e sul futuro, Jennifer. Guarda quello che sei riuscita a ottenere. Tutto da sola. Quando ci siamo conosciute, io stupidamente ho cercato di mettermi in mezzo, ma tu ti sei data da fare e sei riuscita a trovare una strada per evitare persino me. Questo non è un piccolo risultato, mia cara. Non molti ce la fanno." Piegò la testa nella mia direzione. "Tu e Alex vi siete scambiati un impegno?"

"Io mi sono impegnata a parole. Lui sa che sono sua. Ma dato che lui vuole sentirmi dire che sono la sua ragazza, questo non gliel'ho ancora detto. Per una ragione davvero patetica, non riesco a dirlo. Ma è ovvio che sono la sua ragazza. È ovvio che nutro sentimenti profondi per lui. Cosa c'è in me che non va?"

"Non c'è niente che non va in te. È probabile che tu ti debba sentire sicura prima di dirlo e vuoi essere onesta quando lo dirai. Lo rispetto. E ci può volere del tempo. Il motivo per cui te l'ho chiesto è che non riesco a capire perché Alex non si è aperto con te riguardo la minaccia. *Questa* potrebbe essere la ragione. Forse lui non sente ancora che siete una vera coppia. Forse ha pensato che raccontandoti questa storia ti avrebbe spaventata tanto da farti scappare. L'hai lasciato una volta, Jennifer, per un motivo giustificato. Potrebbe aver pensato che parlarti di una minaccia di morte ti avrebbe allontanata di nuovo."

Non ci avevo pensato.

"Gli hai già parlato?"

"Questa mattina. Brevemente."

"Cos'ha detto?"

"Mi ha chiesto scusa. Dice che avrebbe dovuto prenderla più seriamente."

"Questo è positivo. Avrebbe dovuto."

"Non voglio incasinare tutto, Miss Blackwell."

"Vorrei davvero che tu mi chiamassi Barbara e mi dessi del tu."

"Va bene per il tu, ma credo che ti penserò sempre come 'Miss Blackwell.'"

"Sono successe cose peggiori. Senti, Jennifer. Per uscire da questa situazione devi riuscire a venire a patti con il tuo passato, lasciarlo andare, e dirigerti verso il futuro. Questa è l'unica via d'uscita che vedo. Qual è l'altra possibilità?"

"Non ne ho una."

"Allora dimentica tuo padre, che vada al diavolo. Pensa invece al tuo futuro con Alex e a quello che provi per lui. Vienine a capo e sappi che è normale sentirsi un po' spaventati. L'amore è spaventoso, lo so. Ci sono passata. Quando è il momento, faglielo sapere. Ma non aspettare troppo."

"Non ti ringrazierò mai abbastanza, Miss Blackwell."

"Potresti cambiare idea tra un minuto," disse.

"Cosa significa?"

Per un attimo sembrò sfuggente. Poi disse: "C'è una festa questa sera. Offerta da quella tremenda Peachy Van Prout. Chiunque sia qualcuno sarà lì. Il Consiglio si è riunito questa mattina. Uno dei membri mi ha chiamata prima che venissi qui. Li hai impressionati. Hanno chiesto che tu prendessi il posto di Alex questa sera e partecipassi all'evento, dato che conosci i dettagli di un accordo che vogliono concludere."

"Quale accordo?"

"Il potenziale accordo con Henri Dufort. Mi hanno chiesto di capire se saresti voluta andata da sola per rispondere alle sue domande. Sembra che ne abbia parecchie."

"Vorresti che lasciassi Alex qui da solo?"

"Non sarà solo, resterò io con lui."

"Ma non ho mai discusso un affare prima. No è quello che so fare. Non so se posso farlo."

"Il Consiglio pensa di sì. E anch'io. Ma non si tratta di questo. Il punto è non lasciar cadere la conversazione. Vista la copertura data dalla stampa all'incidente che avete subito tu e Alex, Dufort pensa che Alex per lui non sia disponibile. Almeno per ora. Ma Dufort pensa solo a Dufort. Quando Alex gli ha accennato al potenziale per la Streamed di Dufort se si fosse alleata con la Wenn Entertainment, ha messo in modo un ingranaggio. Questo è qualcosa con cui Dufort vuole andare avanti. Vuole incontrarti stasera in modo informale. Prenderai un aperitivo con lui e sarai sua ospite a cena. Tu esporrai le tue idee, dato che, dopo tutto, erano tue idee. Il Consiglio lo ha informato. Ora, lui vuole maggiori informazioni da te e possibilmente concludere l'accordo appena Alex si sarà ripreso. Dato che è ovvio che Alex non è in condizioni di andare, l'accordo dovrà aspettare un paio di giorni. Dufort vuole approfittare delle tue conoscenze, in modo informale. Quindi, non dovrebbe essere niente di più di una conversazione rilassata su un argomento che hai studiato. Lo farai? Per Alex?"

"Per Alex o per la Wenn?"

"C'è differenza?"

Non ce n'era. Alex *era* la Wenn. Così accettai.

CAPITOLO QUATTRO

Prima di andarmene, volevo vedere Alex.

La Blackwell e io avevamo pranzato ed era stato tutto così buono che lei aveva insistito con Charlie perché la contattasse *tout suite* per ottenere una possibile borsa di studio tramite la Wenn, cosa che lei mi confidò che si sarebbe assicurata di fargli ricevere. Poi, con la guardia che ci seguiva a distanza senza farsi notare, tornammo alla stanza di Alex.

"Per quanto tempo dovrò avere una guardia alle costole?"

"Per tutto il tempo che servirà alla polizia e all'FBI per fare il loro lavoro e trovare chi c'era dietro l'aggressione."

"Potrebbero volerci giorni. Settimane."

"Preferiresti non avere protezione?"

Questo mi chiuse la bocca. Entrammo nella stanza e io fui sorpresa di trovare Alex seduto nel letto. Non sembrava stordito come prima. Anzi, mi parve particolarmente sveglio. Quando mi vide, sorrise.

"Volete restare un momento da soli, voi due?" Chiese la Blackwell.

"No," dissi. "Resta, per favore. Sono sicura che Alex ti vuole vedere."

"Certo che vuole," disse lei. "un semplice tocco della mia personalità naturalmente allegra dovrebbe essere tutto quello che gli serve per guarire." Girò dall'altra parte del letto e gli prese la mano. "Ti senti meglio, caro?"

"Voglio solo tagliare la corda da qui."

"E quindi *ti senti* meglio." Si chinò e lo baciò sulla fronte. "Ne sono felice."

"Ora sto bene. Perché devo stare qui un altro giorno?"

"Smettila di comportarti come se avessi dodici anni. Sei qui perché si accertino che non ci sono complicazioni. Da quello che capisco, hai battuto la testa piuttosto forte."

"Devo lavorare."

"Il lavoro si fa anche senza di te. Sì, è così, Alex. Prova a pensarci. La Wenn può fare a meno di te per qualche giorno, proprio come ha fatto quando eri nel Maine. È ovvio che il Consiglio è preoccupato, ma stanno procedendo con quello che hai già approvato mentre tengono in sospeso il resto fino al tuo rientro domani. Ti va bene?"

"Sì, ma non capisco perché non posso tornare a casa oggi. Mi riposerò nel mio letto. Starò tranquillo. Lo prometto." Alzò lo sguardo verso di me. "Jennifer starà con me per accertarsene. Vero?"

Mi scambiai un'occhiata con la Blackwell, che rispose al posto mio. "Henri Dufort sta premendo," disse.

"Per il deal sulla Streamed?"

"Sì."

Alzò le spalle. "Bene. Posso vederlo domani."

"È questo il punto," disse la Blackwell. "Vuole un incontro stasera. Sa che Jennifer conosce i dettagli della proposta e vorrebbe incontrarla per tenere aperto il discorso e capire le varie implicazioni. Ha chiesto che lei partecipi a un dinner party con lui in modo da poter valutare le diverse possibilità."

Per un attimo, Alex rimase in silenzio. Poi si girò verso di me. "Come ti senti a farlo?"

"Sono felice di fare quello che posso."

"Ma, in questo caso, vuoi farlo?"

"Se questo significa assicurarci che abbiamo l'accordo penso di doverlo fare. Ed è una situazione informale, che è positivo: aiuterà a tenere la discussione su un piano più superficiale. Risponderò alle sue domande ma eventuali trattative dovrai farle tu."

"Non sono tranquillo al pensiero che tu esca in pubblico in questo momento."

"Avrà una guardia del corpo con lei," disse la Blackwell. "Me ne assicurerò."

"Di chi è la festa?" Chiese Alex.

"Peachy Van Prout, nella sua residenza sulla Park."

"Gesù," disse Alex. "Avrà invitato duecento persone per l'aperitivo. Poi cinquanta per cena. Ho ragione?"

"Sì."

"Non sopporto la Van Prout."

"Forse perché piaceva a tua madre."

"Probabile."

"Certo. Ma Peachy è carina, ti ha sempre adorato. Lo sai. È sempre stata gentile con te."

"È stata più gentile con la sua immagine. Per cosa è la festa? Per curare qualche malattia di cui Peachy è venuta a sapere grazie alla sua addetta stampa? Fammi indovinare. Ora ha deciso di liberare il mondo da qualcosa di cui non potrebbe importarle di meno."

"Qualcosa del genere," ammise la Blackwell.

"Qualcosa o proprio?"

"Forse proprio così."

"È così falsa."

"No comment."

"Immacolata è amica di Peachy. E anche Tootie Staunton-Miller. Jennifer, devi renderti conto che ci saranno e tu dovrai vedertela con loro da sola, non che tu non ce la possa fare. Ti ho vista in azione. Sono sicuro che te la caverai..." Smise di parlare e mi guardò con espressione corrucciata. "Qual è il problema?"

Mi asciugai rapidamente gli occhi. "Niente."

"Non è vero. Cosa c'è che non va?"

Scacciai le lacrime strizzando gli occhi e quando parlai avevo la voce impastata. "È che sembri di nuovo te stesso e sono sollevata. Sono stata malissimo per la preoccupazione. Ora stai meglio."

"A questo punto me ne vado," disse la Blackwell. "Sono qui fuori se avete bisogno di me."

Mi appoggiò la sua mano sulla spalla prima di uscire dalla stanza.

"Vieni qui," disse Alex quando fu uscita. Si spostò di lato e picchiettò il letto. "Siediti con me."

Mi avvicinai e mi sedetti di fianco a lui. Quando lo feci, lui si sporse e mi baciò sulle labbra. "Stai bene?" Mi chiese.

"Sono stata così in ansia."

"Intendo fisicamente. Fisicamente stai bene?"

"Mi sono tagliata un braccio e leggermente ferita a un fianco. Non sono mai stata nemmeno lontanamente male come te. Sarò a posto in poco tempo. Alex, sono così dispiaciuta per aver reagito in quel modo. È colpa mia se ora tu sei qui. Ne sono sicura."

"Tu sai che non è vero."

"Mi dispiace, non è così. In quel momento, ho pensato che fosse la cosa giusta? Sì. Ma guardandomi indietro, penso di aver fatto la cosa giusta? Di sicuro no. Ero spaventata e non ho mantenuto la calma. E guarda cos'è successo. Diavolo, pensa a cosa sarebbe potuto succedere. Avrei potuto perderti."

"Ma grazie a te, non è successo. Se fossi rimasto in piedi vicino all'auto quando è esplosa, ora sarei morto. Lo sappiamo entrambi. Tenendomi testa mi hai fatto allontanare prima che l'esplosione mi potesse procurare danni seri, cosa che avrebbe fatto. Quello che è successo quella sera è colpa mia. Avrei dovuto dirti della minaccia prima che partissimo per il Maine ma non l'ho fatto perché non volevo perderti di nuovo. Non volevo che tu vedessi com'è davvero la mia vita. Almeno non ancora. Pensavo che se ti avessi coinvolta completamente mi avresti lasciato di nuovo, se non altro per proteggerti. Se ti avessi detto la verità, saresti stata preparata quando hai ricevuto quella email minacciosa. Ti saresti detta che dovevi dirmelo immediatamente perché avresti saputo che i due incidenti erano collegati. Mi dispiace, Jennifer. Ho davvero fatto un casino."

Appoggiai la mano sulla sua guancia. "Perché non prendi sul serio queste cose?"

Mi baciò il palmo della mano e per un momento ci premette il volto con gli occhi chiusi, prima di raddrizzarsi e guardarmi. "Per il primo anno, l'ho fatto. Per il primo anno, prima che morissero i miei genitori, ho preso seriamente ogni minaccia, anche se sapevo che erano cose di routine per mio padre. Ma negli anni, proprio come con mio padre, non era mai successo niente. Nessuno aveva mai messo in pratica le minacce, così mi sono creato un falso senso di sicurezza. Ora, qualcuno ha finalmente agito."

"Chi c'è dietro tutto questo?"

Alzò le spalle. "Non lo so."

"È come ti ho detto l'altra sera. La Wenn si è fatta schiere di nemici. Abbiamo buttato gente fuori dagli affari. Alcuni hanno perso tutto a causa nostra. Potrebbe essere chiunque. Suppongo che l'FBI e la polizia stiano investigando. Qualche parola su chi fosse l'uomo nell'auto?"

"Non che io sappia. Era morto quando la guardia è arrivata vicino a lui. Da quello che ho capito non aveva documenti d'identità e la vettura che guidava era rubata. Quindi non abbiamo niente a parte la fonte che ha mandato i messaggi che hai ricevuto tu e le email che ho ricevuto io. L'ultima volta che uno dei tuoi uomini mi ha aggiornata, che era ieri pomeriggio, la polizia non sapeva ancora se fossero stati inviati da un TracFone o da qualche altro apparecchio. Forse oggi hanno altre informazioni. Speriamo."

Alex sembrò deluso. "Non tutti i misteri hanno una soluzione, Jennifer. Devi essere preparata al fatto che potremmo non sapere mai chi è stato. Questo non è né un libro né un film, dove tutto si risolve magicamente alla fine. Quelle sono storie inventate. Questa è la vita vera e la vita vera spesso non ci soddisfa. Chiunque ci abbia aggrediti potrebbe essere contento di avermi spedito in un letto di ospedale. Potrebbe essere tutto quello di cui aveva bisogno per sentirsi vendicato di qualunque cosa pensava di dover vendicare. Potrebbe finire così o potrebbe essere solo l'inizio. Finché non avrò parlato con la mia squadra, è tutto quello che so. E questa è la verità."

"Grazie per avermela detta."

"Avrei dovuto farlo una settimana fa."

"Ormai l'abbiamo superato, no?"

"Ok."

"E grazie per il foglietto che mi hai lasciato. Era bellissimo."

Il suo volto assunse un'espressione diffidente che non gli avevo mai visto prima. Per un momento sembrò teso. "L'hai letto?"

"Certo che l'ho letto."

"Quando?"

"Quella sera sul tetto del grattacielo. L'ho letto mentre tu eri con Henri Dufort."

"E poi subito dopo sono arrivate palate di merda. Un tempismo impeccabile. Speravo che sarebbe stato l'inizio di una serata speciale tra di noi dopo la festa. Non è stato così."

"Non è andata come desideravamo. Ma ora siamo qui. Tu sei attento e il tuo sguardo è vigile, cosa di cui sono felice. E io sto bene. Le mie abrasioni e tagli guariranno e così le tue." In quel momento, presi una decisione. Spinsi via con decisione i miei demoni interni, mi chinai verso il suo orecchio e gli dissi la verità di quello che provavo su di noi. "Ed essendo la tua ragazza, non vedo l'ora che tu esca di qui e torni a casa così potremo fare l'amore nel tuo letto."

Lo baciai e lui ricambiò con una tale intensità che mi sorprese. Pensavo che fosse ancora debole. Ma non era così: aveva ripreso la sua forza. Mi afferrò la testa da dietro e mi tirò più vicina a lui. Era un bacio colmo di tale passione, sollievo e significato, e di quello che la Blackwell probabilmente considerava amore, che mi lasciai travolgere e attraversare in modo che il mio cuore cominciò a battere forte mentre lo stomaco spariva.

"Ti amo," mi disse nell'orecchio.

"Oh, Alex."

"So che hai bisogno di tempo. So che per te è tutto nuovo. Ma provi qualcosa di simile all'amore?"

Non so perché ma i miei occhi si riempirono di nuovo di lacrime. Penso che la reazione fosse provocata da due sentimenti: la felicità di avere qualcuno che mi considerasse degna di amore, cosa che non aveva mai fatto nessun uomo nella mia vita, e una terribile paura che questo avvenisse quando una parte di me ancora non se ne sentiva degna.

Avevo bisogno di scrollare via quella parte della mia vita. Dovevo ascoltare la Blackwell. Dovevo tornare ad avere fiducia negli uomini. Per quanto mi sembrasse strano e spaventoso fidarmi di un uomo, avevo bisogno di fidarmi di Alex. Non avrei mai dimenticato la violenza di mio padre, ma quello non voleva dire che non avevo in me la forza di metterla da parte e andare oltre. Era il momento di pensare in modo razionale. Non tutti gli uomini erano come mio padre. Avevo bisogno di crederlo.

Feci un respiro e lo baciai di nuovo. "Mi sto innamorando di te, Alexander Wenn. Sta accadendo rapidamente e mi spaventa a morte per i motivi che già conosci e altre ragioni che potresti non capire. Ma ci sto lavorando. Sto facendo del mio meglio per superare tutti i miei stupidi problemi..."

"Non sono stupidi."

"Forse. Forse no. Ma quello che è successo tra mio padre e me in tutti quegli anni è successo e mi ha lasciato dei segni. È certo che sia così. Come potrebbe essere diversamente quando uno stronzo ubriaco si metteva davanti a me quando avevo sei anni e mi frustava con la cintura senza una ragione? Tutto questo è successo con mia madre che stava a guardare e non è mai intervenuta perché anche lei aveva paura di lui."

"Jennifer..."

Mi fermai per un momento per riprendermi. Chiusi gli occhi prima di guardarlo di nuovo. Certo non aveva bisogno di dover affrontare anche disastri emotivi in questo momento.

Ripigliati.

"La Blackwell e io abbiamo fatto una bella chiacchierata prima," dissi, cambiando argomento. "Ho davvero imparato ad ammirarla e rispettarla. La considero un'amica, cosa che lei non vuole nemmeno sentire. Ma credo che tutti abbiamo i nostri tabù, no? Lei pensa di non meritare l'amicizia, io penso di non meritare l'amore. Siamo due gocce d'acqua."

"Tu meriti l'amore. Io ti amo."

"Lo so e ne sono felice. Mentre la Blackwell mi ha detto quello che già so. Ed è tutto qui in un certo senso: devo imparare a fidarmi. Te lo prometto, Alex. Voglio essere completamente tua, non solo fisicamente, ma con tutta me stessa. Potrebbe non essere così veloce come vorresti, ma verrà. Ci sto lavorando. So di sembrare patetica ora, ma se tu sapessi cosa mi ha fatto e con quanta frequenza, forse capiresti. Non sarà facile. Ma mi impegno ad andare oltre e ad avere una relazione amorosa con un uomo buono: tu. Ho detto che sono la tua ragazza. L'ho detto perché lo sento, non perché tu volevi sentirmelo dire. E sai una cosa? Sono contenta di averlo detto perché questa è ufficialmente la prima volta che ho un ragazzo. Tu ora conti molto per me. Ti chiedo solo di darmi un altro po' di tempo per superare quello che devo superare... Per mettere da parte quel bastardo e rendermi conto del mio valore. Perché se e quando ti dirò che ti amo, saprai per certo che è la verità."

CAPITOLO CINQUE

Quando lasciai Alex, mi buttai la borsa sulla spalla e incontrai la Blackwell, che era appena fuori la porta e parlava con una delle guardie. Si fermò quando mi vide.

"Tutto bene?" Chiese.

"Starò bene. Sono molto fortunata."

"Anche lui."

Lanciai un'occhiata alla guardia. Era un uomo di bell'aspetto. Aveva capelli castani corti, era alto più i 1,80 ed era decisamente muscoloso. "Abbiamo qualche novità?" Gli chiesi.

"Sfortunatamente niente di importante, signora. L'uomo che vi ha sparato è morto."

"Questo lo capisco. L'abbiamo ucciso."

"Per autodifesa," aggiunse la Blackwell.

Io la guardai, ma non risposi.

"Non aveva documenti, anche se l'FBI sta utilizzando una tecnologia per il riconoscimento facciale per vedere se coincide con qualche volto che hanno nei loro file," disse la guardia. "Se è stato arrestato almeno una volta, saranno in grado di associare i suoi connotati a un'identità il che ci darà qualcosa su cui lavorare. Se non trovano niente, perché non ha precedenti, allora brancoleremo nel buio perché l'auto che ha utilizzato era rubata e ovviamente non registrata a suo nome. Stiamo esplorando ogni possibilità, ma potremmo non sapere mai chi fosse o per chi lavorasse. Deve capire che è una possibilità."

"È quello che dice Alex."

"Alex ha ragione. Chiunque ci sia dietro tutto questo potrebbe anche aver raggiunto l'obiettivo che si era proposto: spaventarvi a morte e tenervi sulle spine per il futuro a causa di quello che è successo l'altra sera. Non smetteremo di indagare, nemmeno lontanamente. Io voglio solo che lei sia preparata nel caso quell'azione fosse una toccata e fuga."

"Ne dubito."

"Perché?"

"Per quello che c'era scritto nella email che ho ricevuto. Stanno giocando con noi. Se avessero voluto sparare ad Alex o a me, lo avrebbero fatto. Io vengo dal Maine. So quanto può essere preciso un fucile perché i miei zii e zie sono cacciatori. Se qualcuno avesse voluto uno di noi morto l'altra sera, sarebbe stato sufficiente che prendesse la mira e ci avrebbe uccisi. Quindi perché non farlo?"

"A parte quello che le ho detto, non sappiamo perché."

"Penso che sia perché vogliono prendersi gioco di noi ancora un po' prima di ucciderci davvero."

"Non possiamo esserne certi, signora."

Alzai le spalle. "Certo che non potete. L'unica cosa certa è che la mia vita con Alex trascorrerà in continua tensione se questa gente non verrà scovata e consegnata alla giustizia."

"Se lei sta con Mr. Wenn la sua vita sarà sempre in pericolo. Mr. Wenn è un bersaglio per un gran numero di ragioni. Questo non cambierà. Se vuole stare con lui, dovrà condividerne i rischi e lo stile di vita. Detto questo, entrambi avrete sempre vicino una squadra di sicurezza altamente preparata."

Ci riflettei per un momento. Era così che volevo vivere la mia vita? Con le guardie del corpo intorno? Praticamente senza privacy? La risposta arrivò subito. Se era il prezzo da pagare per stare con Alex allora avrei vissuto così. "Sarò al sicuro stasera?"

La Blackwell, che, sapevo, non vedeva l'ora di mettere un freno alle mie domande a causa della svolta negativa che avevano assunto, intervenne con un cenno. "Toro, qui, ne sarà responsabile."

"Ti chiami 'Toro'?" Chiesi.

"Veramente mi chiamo Mitch, signora."

"Io preferisco 'Toro'," disse la Blackwell.

La sua voce divenne innaturalmente allegra. Stava cercando di cambiare argomento e di portare la conversazione su toni più leggeri.

E anche se ammiravo il suo sforzo per distrarmi, in realtà preferivo il modo in cui quell'uomo era sincero con me.

"Voglio dire, guardati," disse la Blackwell. "È come se l'esercito ti avesse preso da bambino, usato come cavia per vari esperimenti, stravolto con qualche genere di energia nucleare e alterato il tuo DNA."

L'uomo non reagì allo scherzo. Invece mi guardò e io fui colpita dall'intensità del suo sguardo. "Sarà al sicuro con me, Miss Kent."

Davvero? E cosa sarà di Alex? Sarà al sicuro?

La Blackwell non era stupida. Si rendeva conto che la situazione era tesa e ne tenne conto. Lasciò perdere e si girò verso di me. "Bernie sarà pronto per te alla Wenn alle sei e trenta. L'ho convinto di nuovo e questo significa che domani andrò a fare shopping per comprargli qualcosa che lo manderà in visibilio per ringraziarlo della sua collaborazione da quando abbiamo cominciato. Se lo merita. Gli ho detto quale vestito penso sia più adatto per la serata, così potrà aiutarti anche con quello. E smettila di guardarmi in quel modo, Jennifer. Bernie non dovrà fisicamente vestirti... ti vestirai da sola. Come promesso, io resterò qui così potrai essere sicura che Alex sarà in buone mani. In questo modo, ti puoi concentrare su quella che sarà una serata impegnativa. Ma sarai all'altezza della sfida. Non ho nessun dubbio. Vedrai alcuni volti familiari da Peachy ma ci saranno anche molti che non conosci. Anche se *loro* conosceranno *te*. Tu e Alex siete appena stati in prima pagina sul *Times*. Quindi, aspettati molte domande e una quantità di false preoccupazioni."

Indicò Toro con il pollice. "Toro, qui, ti raggiungerà, vestito da pinguino e tutto quanto. Aspetta di vederlo. *Formidable.*" Controllò l'orologio. "Hai cinque ore prima di cominciare a prepararti. Cosa vuoi fare, ora?"

"Vorrei vedere Lisa," dissi.

CAPITOLO SEI

Quando arrivammo al palazzo dove ora c'era il mio appartamento sulla Fifth, il tempo era soleggiato e ancora caldo. A metà settembre, per me era una cosa inusuale. Se fossi stata di nuovo nel Maine, probabilmente avrei dovuto indossare un maglioncino leggero e pantaloni lunghi per l'inizio dell'autunno invece dei pantaloni capri e della T-shirt azzurro chiaro che Lisa mi aveva preparato la sera che Alex era stato portato in ospedale. Anche se Manhattan e il Maine erano solo a un'ora di volo, considerando le temperature di settembre avrebbero potuto essere due mondi diversi.

Mitch uscì dall'auto, io afferrai la mia borsa e lui mi fece scudo mentre attraversavamo il marciapiede affollato fino a raggiungere l'ingresso.

"Grazie," gli dissi quando fummo al sicuro nel palazzo.

"Non le succederà niente finché ci sono io a scortarla, signora."

"Per favore, chiamami Jennifer. Dammi del tu, davvero. Ok? Solo Jennifer."

Lui esitò per un momento e poi la sua espressione stoica si addolcì. "Va bene. Ma non dovrei."

"Lo so, quindi rimarrà tra noi. E io mi rifiuto di chiamarti Toro."

"A dire il vero non mi dispiace."

Non potei evitare di sorridergli. *Gli uomini saranno sempre bambini.* "Se è così, allora sarà Toro. Almeno tra di noi. Altrimenti è Mitch e signora, immagino. Non voglio che passi un guaio a causa mia."

"D'accordo."

"Allora ci vediamo alle sei e un quarto?"

Annuì. "Ti vengo a prendere qui. Non aspettare fuori."

"Non preoccuparti."

Quando entrai nel mio appartamento, trovai Lisa proprio dietro la porta. I capelli biondi le cadevano sciolti sulle spalle e non portava trucco... non che ne avesse bisogno. Lisa era una di quelle fortunate... la sua pelle splendeva.

"Ho sentito l'ascensore," disse mentre mi abbracciava. "Ho pensato che fossi tu. Mi sei mancata terribilmente."

"Siamo mai state separate per due giorni?" Le chiesi nell'orecchio.

"Penso forse in prima media. Una di noi si è ammalata o qualcosa di simile e siamo dovute restare lontane. È stato tremendo."

"Come hanno potuto farci una cosa simile i nostri genitori?" Chiesi.

"Senza cuore."

"Facciamo in modo che non risucceda tanto presto."

"Devi essere stanchissima. Vieni dentro. Lascia che ti prenda la borsa. Puoi fare un pisolino e poi parliamo o possiamo parlare ora così poi vai a letto presto. Quello che preferisci, ma hai bisogno di riposare."

"Cosa che non succederà stanotte."

"Cosa vuoi dire?"

"Vado a una festa stasera, da Peachy Van Prout." Vidi un'espressione divertita comparirle sul volto così alzai una mano. "Non ridere. Se cominci a farmi ridere sul suo nome, va a finire che riderò in modo inopportuno quando la incontro."

"Va bene, ma è un nome davvero stupido."

"Concordo."

"Pensa a Peachy che mangia le pesche tutto il tempo."

"Lisa..."

"Guardami, sono vellutata come una pesca. Guarda, il sole mi illumina le natiche. Oh, guarda... sono un unicorno."

"Basta!"

"Ok." Esitò. "Credo che mi farò un cocktail alla pesca!"

"Oh, mio Dio... non credo che riuscirò ad affrontare quella donna."

Andammo in salotto. Dovunque guardassi, c'era qualcosa che mi ricordava Alex. Lui aveva creato questo spazio per noi. Il semplice fatto di essere qui di nuovo mi commuoveva.

"Sarò buona," disse Lisa. "Di che cosa si tratta stasera?"

"Henri Dufort mi ha invitata come sua ospite. È il tizio di cui ti ho parlato, quello che possiede la Streamed."

"Vai da sola?"

"Vado con Toro."

"Cos'è un Toro?"

"Un ragazzone gigante, ex marine, molto gentile. Verrà con me per proteggermi. Il suo vero nome è Mitch ma preferisce essere chiamato Toro, cosa che me lo fa piacere ancora di più. L'ho trovato subito simpatico."

"È bello?"

"Mmh, sì. Si potrebbe decisamente dire che Toro è bello."

"Bello quanto?"

"Quanto un armadio a due ante."

"Quanti anni ha?" Chiese Lisa. "È single?"

Ci sedemmo tutte e due sul divano del salotto. A me faceva male il fianco destro, così feci in modo di non dovermici appoggiare sopra.

"Direi che è intorno ai trenta."

"Perfetto."

"Nessuna idea se possa essere single."

"Inaccettabile."

"Detto questo, uno intorno ai trenta e con l'aspetto di Toro, penso che voglia divertirsi finché decide di volere qualcosa di più dalla vita. Come una ragazza." Feci spallucce. "Ma non so. Magari è quello che vuole. Magari lo ha giù. L'ho appena conosciuto. Più tardi posso scoprire qualcosa di più."

"Io sono pronta per uscire con qualcuno, così se scopri che è single e che può andare fammi sapere."

"Sei pronta per uscire con qualcuno?"

"Essere così intima con gli zombie ha i suoi limiti."

"Vedrò cosa posso fare."

"Come sta Alex?"

"Si riprenderà. Quando ha battuto la testa sulla strada ha avuto una commozione cerebrale piuttosto seria, così vogliono tenerlo in osservazione anche stanotte per precauzione. Domani lo dimetteranno."

"Jennifer, cos'è successo l'altra sera?"

Le raccontai esattamente cosa era successo e poi quel poco in più che ne sapevo.

"Hai visto il *Times*? Perché la metà di quello che mi hai appena detto non c'è scritto."

"Come potrebbe? Nessuno del *Times* ha parlato con noi. Alex non lo avrebbe permesso."

"Ho conservato il giornale se vuoi leggerlo."

"Forse più tardi."

"È sul tuo letto. Tu e Alex vi siete chiariti?"

"Sì. Abbiamo risolto tutto oggi pomeriggio prima che me ne andassi. La Blackwell mi ha aiutata molto in questo: è stata dura ma corretta con me durante il pranzo. Mi ha spinta. Sotto molti aspetti ha un atteggiamento che mi ricorda te." Mi fermai. "Se mi porti la borsa ti faccio vedere una cosa."

Me la andò a prendere e io presi la lettera che Alex mi aveva scritto. Gliela passai. "Leggila."

Lo fece. Quando ebbe finito, la ripiegò con la cura che meritava un tale dono e poi me la porse di nuovo. "Questo è amore," disse.

"So che lo è."

"Nessuno mi ha mai scritto niente di simile. È una cosa bella. Tu come ti sei sentita?"

"Commossa. Toccata. Inadeguata. Al solito. Mio padre ha fatto davvero un buon lavoro con me."

Un lampo di irritazione le accese il volto. "Lo ha fatto tempo fa."

"Cosa vuol dire?"

"Quello che ho detto. Guarda, dopo aver letto la lettera di Alex, ti devo dire tutto, Jennifer. Ti stai trattenendo. Puoi liberarti quando vuoi, dipende da te. È sempre dipeso da te. Ma tu non lasci andare il passato perché, chissà per quale motivo, credi ancora a tutto quello che tuo padre ti ha detto mentre ti picchiava. Perché? Hai venticinque anni ora. Sei a centinaia di miglia da lui. Lascialo perdere."

"Non è così facile."

"Davvero?"

"Cosa ne sai di come ci si sente a essere picchiati?"

"Niente."

"E quindi, come fai a dirmi come dovrei sentirmi?"

"Qualcuno deve aiutarti ad uscirne."

"Stiamo litigando?"

"Forse è giunto il momento. Non ritornerai giovane come ora. Stai sprecando la vita sul tuo passato di merda. Sai benissimo che tu per lui eri semplicemente un bersaglio facile ma continui ad attaccarti a quello che ti ha fatto. Perché? Io ho questa idea: perché è una specie di coperta di Linus che usi per tenere lontani gli uomini. Tu sai che ogni cosa che tuo padre ti ha fatto o detto era scatenata dall'alcol, ma comunque non te ne vuoi liberare. Perché? Perché semplicemente non te ne liberi? Perché continuare a lasciare che ti mortifichi e ti trattenga? Non tutti gli uomini sono tuo padre. Alex merita la tua fiducia, ma non ti resterà intorno per sempre. Te lo garantisco. E nemmeno il prossimo uomo. O quello dopo ancora. Quindi, metti il tuo tremendo passato in una scatola, sigillalo, gettalo via, e vai avanti. È l'ora."

Non risposi subito, ma sapevo che aveva ragione.

"Qui hai cominciato una vita completamente nuova. Con il tempo, ci faremo amici nuovi e interessanti che sostituiranno le nostre famiglie. So che nel corso degli anni hai fatto grandi progressi per quanto riguarda gli abusi che hai subito. Ho visto le frustate sulla tua schiena quando eravamo piccole. Mi hai mostrato i lividi sulle braccia e sul collo. So che hai attraversato un inferno. E so anche che avresti potuto buttarti sulla droga. Avresti potuto lasciar perdere la scuola. Ma non l'hai fatto. Capisci? Anche allora, avevi qualcosa dentro che ti ha spinta a migliorare per poterti tirare fuori dal Maine e dai tuoi genitori. Quindi, quando è troppo è troppo. Quella lettera che mi hai fatto leggere? Sei una sciocca se non vedi che è stata scritta davvero con il cuore. Sei una sciocca se non lasci perdere il passato e dai a quest'uomo la possibilità che si merita."

"Oggi gli ho detto che sono la sua ragazza."

"Bene! Che progresso. Ora, lascia che ti faccia la domanda chiave. Lo ami?"

La guardai. "Perché è così difficile per me?"

"Tu sai perché e io so perché, ma finisce oggi. Quindi, rispondimi. Lo ami? È sì o no. Non ci vuole una laurea. In questo momento, lo devi sapere. Butta via la coperta di Linus e sii sincera con me e con te stessa. Lo ami o no?"

"Non andrei a questa festa stasera al posto suo se non provassi qualcosa per lui."

"Solo 'qualcosa'?"

"Qualcosa di profondo."

"Cosa provi?"

"Tutto."

"Cos'è tutto?"

Per un momento, mi sentii del tutto esposta, ma poi lo dissi.

"Amore," dissi. "Sono innamorata di lui e sono spaventata da morire. So che è irrazionale perché, con l'eccezione di quello schizzo quella sera alla raccolta fondi per il Met, è sempre stato meraviglioso con me. E io mi sento ancora insicura. Ho ancora problemi di fiducia. Ma la verità è che sono innamorata di lui. Lui ora rappresenta tutto per me. Penso a lui tutto il tempo. Sono sempre preoccupata per lui. Colgo la sua presenza quando non è con me e sento il suo odore quando vado a letto. Lui è sempre insieme a me. E ti assicuro che non ho nessuna intenzione di perderlo a causa dei miei maledetti complessi."

"Allora lasciali."

"Devo."

"Ora?"

"Ora."

"Facciamo una prova." Si alzò e andò in cucina. Quando tornò aveva un blocco e una penna in mano. "Tutto quello che mi hai appena detto? A proposito di quello che provi per lui? Ora risponderai alla sua lettera e metterai tutto nero su bianco. Poi gliela darai. Non più tardi di domani. Allora sarà fuori dall'ospedale. Puoi andare da lui, vi rilassate insieme e quando sarà il momento giusto? Tu gli darai la lettera che hai scritto in cui dici esattamente quando lui è importante per te." Mi passò la penna e il blocco. "Ora mettici il cuore. Non deve essere una cosa perfetta, proprio no. Deve essere improvvisata. Devi dire quello che hai appena detto a me. Devi rispondergli prima che sia troppo tardi."

"Ti voglio bene, Lisa."

Si portò la mano all'orecchio. "Come?"

"Ho detto che ti voglio bene."

"Ah, sei sicura?"

Le sorrisi. "Sì."

"È stato così difficile dirlo?"

"No."

"Bene. Perché anch'io ti voglio bene. So che non hai bisogno di accumulare altro stress in questo momento. Ma prima di perdere Alex, qualcuno doveva dirtelo. Qualcuno si doveva assicurare che un giorno tu non guardassi indietro a questo periodo della tua vita e rimpiangessi qualche decisione che potresti aver preso a causa della paura che ti tratteneva. Sono felice di essere quella persona. Sono sicura che anche la Blackwell sia stata felice di essere quella persona, è stata una benedizione." Si girò per allontanarsi da me, poi si fermò. "Mentre io sono nella mia stanza a scrivere le malignità dei non morti, tu scrivi la lettera sulla gioia di essere innamorata di Alex."

CAPITOLO SETTE

Alle sei, dopo aver fatto la doccia, con i capelli erano ancora leggermente umidi, ero pronta per la magia di Bernie. Fu in quel momento che Lisa uscì dalla sua stanza, curata come non la vedevo da settimane.

Restai semplicemente a fissarla. Quando Lisa si metteva in tiro, si metteva in tiro. E in quel preciso momento, era strafiga.

Aveva allontanato i capelli dal volto con una semplice coda di cavallo. Indossava jeans neri aderenti e una canotta bianca che praticamente lasciava vedere tutto, dato che non portava il reggiseno. Aveva messo un paio delle mie decolleté di Prada, nessun gioiello e trucco appena sufficiente per farla sembrare ancora più bella.

"Dove stai andando?" Chiesi.

"Solo qui giù. Voglio assicurarmi che tu arrivi all'atrio sana e salva."

"Ma non c'era bisogno di vestirsi così per..." Mi mancò la voce nel momento in cui mi resi conto di cosa aveva in mente. "Ah," dissi. "È così? È la tua nuova tattica?" Piegai la testa e la guardai. "Hai intenzione di andare giù per presentare te e le gemelle a Toro, vero?"

"Toro?"

"Già, già."

"Le gemelle?"

Indicai i suoi seni. "Fa fresco qui, no?"

"Dai, lascia perdere," disse. "E allora? Voglio incontrare Toro. Cosa c'è di male? Sono single da troppo tempo. Hai detto che era carino e che era figo. Mi piacciono quelli carini e fighi. Sono rimasta chiusa con quei terrificanti zombie troppo a lungo. Ho bisogno di un uomo. Preferibilmente vivo."

"Beh, lui è di certo tutto uomo. Aspetta di vederlo."

"Più bello di Alex?"

"Nessuno è più bello di Alex."

"Se tu non fossi follemente innamorata di Alex, sarebbe più bello?"

"Ci potrebbe andare vicino. Aggiungi una ventina di chili di muscoli e circa dieci centimetri."

Mi strizzò l'occhio. "Dove li devo aggiungere i dieci centimetri?"

"Non essere ridicola. Alex non è certo carente da quelle parti. Devo correre."

Afferrai la borsetta e lasciammo l'appartamento, dirigendoci lungo il corridoio verso l'ascensore.

"Hai scritto la lettera?"

"Sì."

"Com'è andata?"

"Diciamo che ho buttato fuori tutto, ora."

"Sono orgogliosa di te. Come ti sei sentita a scriverla?"

"In qualche modo, mi sono sentita liberata. L'ho portata con me. La metterò nella borsetta stasera così lui sarà insieme a me."

"Mi viene da vomitare. Ma chi sei?"

Alzai gli occhi verso il soffitto e sospirai. "Una donna innamorata."

"Spero di non aver creato un mostro."

Spinsi il pulsante per chiamare l'ascensore. "Pensavo fosse il tuo mestiere."

"Non mostri come te in questo momento."

"Allora stai attenta quando desideri qualcosa."

Le porte si aprirono ed entrammo nella cabina. Dopo pochi minuti eravamo nell'atrio. E lì trovammo Toro, in mezzo alla stanza in uno smoking su misura che lo faceva sembrare un po' più grosso e più spaventoso di quanto fosse prima. Pensai che aveva un aspetto elegante e piacevole. Per quanto riguarda Lisa, la sentii trattenere il fiato.

"Oh, mio Dio," sussurrò.

"Te l'avevo detto," dissi mentre salutavo Toro.

"I capezzoli mi stanno per scoppiare nella maglietta."

"Sarebbe interessante. Dai. Spalle dritte, ma cerca di non accecare qualcuno. Ti presenterò."

"Non ce la faccio..."

Ci avvicinammo a lui.

"Sei in anticipo," gli dissi.

"Nel caso lo fossi stata anche tu," disse. Lanciò un'occhiata a Lisa e poi riportò lo sguardo su di me.

"Lo apprezzo. Questa è la mia migliore amica e coinquilina, Lisa Ward. Anche lei cerca di proteggermi e voleva assicurarsi che arrivassi fino all'atrio sana e salva. Direi che sono protetta da ogni parte. Lisa, questo è Toro. Il suo vero nome è Mitch, come Mitchell, ma preferisce Toro. Credo che si capisca perché."

Lisa tese la mano, che lui strinse delicatamente. I suoi occhi non caddero mai sui suoi seni, per quanto in quel momento fossero davvero scandalosi. Invece, la guardò negli occhi. *Un vero gentiluomo.*

"È un piacere, Toro."

"Per favore, chiamami Mitch."

"Perché io non ti posso chiamare Mitch?" Chiesi.

"Perché sono la tua guardia del corpo," mi disse. "Toro incute timore. Non devo proteggere Lisa."

"Puoi, se ti fa piacere," disse lei.

Quella frase lo fece fermare. La guardò con interesse. "Hai bisogno di protezione?"

"In questo momento? Solo da me stessa."

Avevo assistito a scene del genere troppe volte per poterle contare, ma la capacità di Lisa nel flirtare non smettevano mai di sorprendermi. Riusciva a essere davvero sfacciata per ogni cosa che riguardava la sua vita personale. "Non lo indovineresti mai guardandola," dissi, "ma Lisa è una scrittrice di successo di romanzi sugli zombie."

"Scrivi romanzi di zombie?"

"Sì. Racconto storie sui non morti."

"Suppongo che portarli in vita in un libro sia una bella sfida."

"Qualche volta... ma ce la faccio."

"Ci vogliono le capacità giuste," disse. "A me piacciono i film sugli zombie e le storie dell'orrore. *L'alba dei morti viventi* è il mio preferito in assoluto."

"Davvero! Ho il poster originale di quel film autografato e incorniciato nella mia stanza. Alex me l'ha regalato per l'inaugurazione del nuovo appartamento."

"Autografato da chi?"

"Da Romero!"

"Perché Mr. Wenn non fa anche a me regali di questo genere?"

"Devi chiedere a Jennifer di farti da aggancio."

Controllai l'orologio e partii all'attacco. È il momento di capire se sta solo chiacchierando o se è single e interessato. "Penso sia ora di andare," dissi. "Magari voi due volete continuare a parlare di non morti davanti a un caffè, un giorno o l'altro. Nel caso, fatemi sapere. Se volete posso lasciarvi i rispettivi numeri di telefono più tardi."

Lui abbassò lo sguardo verso Lisa con un mezzo sorriso. "Ti piacerebbe prendere un caffè con me una volta?"

Single. Interessato. Tombola.

Lei alzò le spalle. "Sono ancora abbastanza nuova di questa città e non conosco molte persone della mia età o con i miei interessi. Sarebbe carino."

"Ti chiamerò in settimana."

"Mi piacerebbe. Sono una libera professionista, quindi chiama quando vuoi."

"Ci sentiamo." Mi guardò e potei cogliere nel suo sguardo una luce che prima non c'era. "Pronta per andare?"

"La domanda è, tu lo sei?"

"Perché?"

Gli sorrisi. "Niente."

"Dobbiamo arrivare alla Wenn prima che Bernie chiami chiedendosi che fine hai fatto." Si rivolse a Lisa. "Sembri pronta per uscire. Se devi andare da qualche parte che è sulla strada, sarei felice di darti un passaggio."

Lisa era una tale professionista in questo che non fece un sussulto. "Sono a posto," disse. "Devo vedere degli amici più tardi. Volevo solo accertarmi che Jennifer fosse in buone mani. E ovviamente lo è. Ci sentiamo presto?"

"Ti chiamo senz'altro," disse.

CON L'AUTO, PERCORREMMO la Fifth verso l'edificio della Wenn. Fuori c'era ancora luce, ma aveva rinfrescato ed era piacevole. Ero nervosa per la serata che mi aspettava e mi chiesi se sarei stata capace di gestirla senza Alex. Per fortuna c'era qualcosa in Toro che mi metteva a mio agio. Non era Alex, ma era legato ad Alex e anche quello mi dava conforto.

In auto ripensai all'incontro tra Toro e Lisa. Io ero molto protettiva con Lisa, ma il modo in cui lui si era comportato con lei era al limite del dolce. Nonostante i suoi seni in bella evidenza, non c'era stato un momento in cui lo avessi visto abbassare lo sguardo in quella direzione. Questo mi diceva moltissimo. Per non parlare del reciproco interesse per i non morti. Quindi, in conclusione, il loro primo incontro sembrava promettente. Ne ero felice.

Decisi di attaccare discorso per conoscerlo un po' di più prima di passare a Lisa il suo numero di telefono.

"Sembra che tu e Lisa abbiate qualcosa in comune."

I suoi occhi mi lanciarono un'occhiata veloce dallo specchietto retrovisore, poi si concentrarono sulla strada. "Sì. Da quanto tempo fa la scrittrice?"

"Da quando ricordo. Ha scritto il suo primo racconto quando aveva circa dieci anni, penso. Fu un grande successo con i ragazzi a scuola, perché anche quello era sui non morti. Poi ne scrisse altri. Al college la cosa si è un po' sgonfiata perché doveva studiare e lei ci teneva molto ai bei voti. Ha scritto un libro subito dopo il college e ha cercato di farlo pubblicare a New York, ma non ha avuto fortuna. Così ha scelto la strada indipendente e se lo è auto-pubblicato su Amazon. È andato fortissimo. Ne ha terminato un altro, ma ultimamente ho passato così poco tempo a casa che non so come sta andando. Lo ha pubblicato da poco." Mi venne un'intuizione. "In realtà potrei controllare le vendite del romanzo con il telefono. Aspetta."

Presi il telefono, spinsi il bottone e parlai a Siri. "Amazon," dissi. La voce meccanica di Siri disse: "Cerco sul web Amazon."

"Credo che Siri sia un non morto," suggerì Toro.

Io sogghignai. Si aprì il sito di Amazon e cercai il libro di Lisa. Dopo un po' di ricerche lo trovai... e rimasi di stucco. Era al numero diciassette della classifica generale dei Top 100 di Amazon. Perché non me l'aveva detto? Era una notizia bomba. "È arrivata al numero diciassette nella classifica dei best seller di Amazon con il suo nuovo libro. Ed è fuori solo da qualche giorno. Non me l'ha detto, ma lei è fatta così. Umile fino in fondo. Sono così felice per lei!"

"Com'è il titolo? Lo voglio leggere prima che ci vediamo per il caffè."

Leggere il suo libro prima del caffè? Un altro punto per te, Toro. "Mondi a pezzi."

"Gran bel titolo. E l'altro?"

"Mondi in collisione."

"Il secondo è un sequel?"

"Sì."

"Ho un iPad con l'app di Amazon. Li comprerò entrambi e li leggerò prima di chiamarla."

"Sono libri piuttosto voluminosi."

"Anch'io sono voluminoso, e sono anche un lettore vorace."

Registrato. "Benissimo. Così avrete qualcosa di cui parlare."

"Ho la sensazione che avremmo qualcosa di cui parlare in ogni caso."

Questo tipo sta raccogliendo un sacco di punti. Devo chiedere di lui ad Alex. Alla Blackwell piace, e anche questo è positivo. Lo avrebbe fatto a pezzi se non le fosse piaciuto. "Devo davvero chiamarti Toro?" Gli chiesi.

"No, se non vuoi ma funziona nel nostro caso. Se tu dovessi avere bisogno di me e io non fossi lì vicino, potresti chiamarmi gridando 'Toro' e io mi farei il culo per arrivare. È una specie di codice tra noi. In mezzo alla folla, chiunque si può chiamare Mitch, ma sono abbastanza sicuro che sarei l'unico Toro lì vicino. Io la vedo così."

E quello, lo capivo.

Quando arrivammo alla Wenn, chiesi a Toro di salire con me.

"Mi serve un'opinione maschile."

"C'è Bernie."

"E io gli voglio molto bene. Ma è probabile che sia poco disponibile a criticare il suo lavoro. Ho bisogno dello sguardo di un vero uomo per capire se Bernie ci ha azzeccato o no."

"Non credo che Mr. Wenn apprezzerebbe che io ti guardassi in quel modo."

"Mr. Wenn è un uomo d'affari. Io devo trattare affari molto seri, dove potrei trovare diversi squali. La Blackwell non c'è. Mi serve una seconda opinione: la tua opinione. Mi aiuterai? Solo un parere."

"E poi chi dice che sono un vero uomo?" Disse.

Sentii il cuore che mi sprofondava per Lisa, ma poi lui si mise a ridere. Incrociai i suoi occhi nello specchietto retrovisore e li vidi riempirsi di rughe.

"Sei troppo ingenua," disse. "Verrò su e ti darò la mia opinione a patto che questo non arrivi a Mr. Wenn. Sappiamo tutti quello che prova per te, Miss."

"Per favore. Jennifer."

"Jennifer."

"E io non glielo riferirò. Ma se anche qualcuno lo facesse, Alex è intelligente e abbastanza sicuro di sé per capire come mai avessi bisogno del tuo parere. Stasera devo incontrare Henri Dufort. Devo uscirne meglio che posso. Spero che sia sufficiente il mio cervello, ma non si sa mai. Il vestito giusto non guasta. Sii semplicemente sincero con me, ok?"

"Ok."

PRIMA CHE IO USCISSI dall'auto, Toro si assicurò che il marciapiede della Fifth fosse sicuro. Poi mi scortò rapidamente all'interno mentre il cuore mi batteva in gola. Ben presto fummo al cinquantunesimo piano, dove Bernie ci aspettava e io finalmente mi potei rilassare.

Bernie era un professionista ineccepibile. Mi diede un bacio su ogni guancia e strinse la mano a Toro. Mi disse che lui e la Blackwell avevano discusso su quale tipo di evento mi aspettasse quella sera e poi mi accompagnò al nostro finto camerino, dove mi mostrò il vestito che la Blackwell aveva suggerito che indossassi.

Era rosso brillante, scollato, senza maniche, con un'ampia banda sotto al seno, pieghettato dalla vita fino a terra. Era bellissimo, ma io avevo qualche dubbio.

"Mi sono ferita al braccio, l'altra sera. È piuttosto brutto. Non penso che qualcuno lo voglia vedere."

Bernie prese da un attaccapanni un mantello rosso che sembrava non avere peso. Era più lungo del vestito e andava agganciato sotto la gola. L'insieme era splendido, di certo il mio preferito dopo il vestito stile Gatsby. Ero abbastanza alta per portarlo, ma *potevo* indossarlo? Sembrava un po' un costume teatrale.

"Mia cara, con quel mantello non vedranno altro che un punto esclamativo rosso nella stanza. Questo farà di te la stella della serata. Te lo prometto. È Giambattista Valli Couture. Nessuno avrà niente di simile perché questa è la collezione del prossimo anno. È sulla copertina dell'edizione autunnale di *Vogue*, quella in edicola ora, ma nessuno lo può avere perché non è in vendita al pubblico. Beh, la maggior parte non lo può avere. Stasera, tu sei l'eccezione. Indosserai il vestito che ogni donna amante della moda desidera ardentemente da quando quella rivista è arrivata in edicola due settimane fa. Le donne giuste, che saranno la maggior parte di quelle invitate da Peachy questa sera, lo riconosceranno al primo sguardo. Sarai così avanti nella moda da scatenare invidia e probabilmente rabbia, ma solo nelle donne. Gli uomini inciamperanno da soli per avvicinarsi a guardarti."

"Nessuna pressione. Come te lo sei procurato?"

"C'è riuscita Miss Blackwell."

"Come ha fatto?"

"Incantesimi. Voodoo."

"No, sul serio."

"Che importanza ha? Ora, vestiti. La biancheria è sul tavolo. Le scarpe da questa parte. Toro e io aspettiamo fuori. Vedremo come stai quando sarai pronta per il trucco e i capelli. Sto pensando di lasciarli sciolti stasera. Trucco 'smoky eyes' e labbra dello stesso colore del vestito. Gioielli molto semplici: un braccialetto di diamanti e brillanti alle orecchie. Niente deve distrarre dal vestito. Henri Dufort non è uno sciocco, vedrà subito oltre. Ma anche una donna bella e sicura che ha l'intelligenza che le consente di mostrarsi con un tale vestito non è da meno. E quella sei tu. Lo impressionerai sotto tutti gli aspetti. E nel farlo, spianerai la via ad Alex per concludere l'accordo con Dufort."

PIÙ TARDI, DOPO CHE Bernie ebbe finito di acconciarmi i capelli e di sistemare il trucco, mi trovai a fissare nello specchio una persona che non riconoscevo. Mi misi dritta con un certo sforzo perché il fianco mi si era indolenzito nello stare seduta, lasciai che Bernie mi sistemasse il mantello intorno al collo e poi mi girai verso lui e Toro.

"Ebbene?"

"Bene, davvero," disse Bernie. "Spero ci sia un dottore in quella casa."

"Toro?"

Mi guardò come se venissi da un altro mondo. "Tenga il telefono pronto per chiamare il 911. Bernie non sta scherzando. Nessuno avrà niente di simile, Miss Kent."

"Potrei inciampare nel mantello," dissi. "È così lungo."

"Ecco cosa devi fare," disse Bernie. "Usa le braccia per sollevarlo e tenertelo vicino mentre cammini. Guarda. Prova anche tu. Vedi? Niente di particolarmente difficile. Se vuoi ottenere un effetto drammatico, e solo se hai sufficiente spazio per farlo, lascia andare un po' le braccia e il mantello fluttuerà... *fluttuerà!*, dietro di te. Ma fai attenzione, le altre persone potrebbero 'accidentalmente' inciampare. Cerca di non muoverti troppo o potrebbe essere un disastro. Per quanto puoi, stai tranquilla. Ricordati, sei un punto esclamativo. Non c'è bisogno di agitarsi, saranno gli altri a venire da te. Quando sei in piedi ferma, assicurati che il mantello ricada accanto a te. Tienilo vicino così nessuno può inciampare e danneggiare la stoffa. Ok?"

"Va bene."

"È un cazzo di alta moda, dopo tutto."

Io sorrisi e scossi la testa verso di lui. "Starò molto attenta."

Mi girai e mi specchiai di nuovo. Non sembravo proprio me stessa. Quello che Bernie aveva fatto era bellissimo e provocante, ma non era un po' troppo? "Questo è puro sesso, Bernie, mischiato con una buona dose di glam Anni '80. Pensi che si adatterà bene a questo genere di evento? Non conosco le sue origini, ma Peachy Van Prout suona come qualcuno che è registrato."

"Certo che è registrata," disse Bernie.

"Non che io voglia dubitare di te, ma questo look non mi sembra adatto."

"Hai ragione, non lo è. Questo è un look che causerà scompiglio. La gente ne parlerà. Dato che questo è un evento di beneficenza e Peachy non è altro che una schiava dei media, stai certa che avrai la tua fotografia. Qualcuno dirà che è fuori luogo. Altri ti stimeranno per aver osato. A chi importa cosa pensano? Perché *questo* genere di look, Jennifer? E con *quel* vestito ambitissimo? È senza prezzo. È il tuo party della rivelazione. Questa sei tu che fai un'affermazione di te senza Alexander Wenn al tuo fianco. Dimostrerai che non hai necessariamente bisogno di lui per rappresentare la Wenn. Sarà il momento in cui le persone vedranno te. Fidati di me. La Blackwell e io ci abbiamo pensato tanto e abbiamo considerato tutti gli aspetti di quello che può succedere. Abbiamo scelto questo look per un motivo. Henri resterà colpito. Gli altri parleranno di te, nel bene e nel male. Ma tu aspetta solo domani. Vedremo chi ci sarà alla pagina sei. E poi vedremo chi farà tendenza nella moda di Manhattan."

CAPITOLO OTTO

Peachy Van Prout viveva in una delle poche case signorili rimaste su Park Avenue. Era in Sixty-Eight Street ed era molto più larga delle altre ville che davano su quella strada. Il modo in cui era illuminata, con luci che salivano dal basso lungo la parte inferiore della facciata, la rendeva splendida. Era un edificio in arenaria, otto finestre in larghezza e cinque piani in altezza, con una cancellata di ferro nera sul davanti e due topiari sui lati di un portone di mogano. Sembrava allo stesso tempo elegante e sottotono: proprio quello che mi sarei aspettata, considerando la famiglia di Peachy e quello che una simile famiglia si portava in eredità.

"Eccoci," disse l'autista.

Toro mi guardò. "Pronta?"

"Pronta."

Con Toro al mio fianco, scesi dall'auto. Una folata di vento mi afferrò il mantello facendolo volare alla mia destra in un lampo di rosso brillante che ondeggiò alcuni momenti prima che io riuscissi ad abbassarlo con il braccio e tenerlo sotto controllo. E così, la mia fu un'entrata involontariamente teatrale, dato che le poche persone ben vestite che stavano aspettando sul marciapiede il loro turno per entrare mi notarono subito e fecero partire le chiacchiere. Toro mi venne accanto, mi appoggiò la mano in mezzo alla schiena e ben presto fummo all'interno senza altri incidenti.

"Quella davanti a te, alla tua destra, è Peachy che dà il benvenuto agli ospiti," disse Toro. "Il nome del marito è Robert."

"Come mai mi sembra un volto familiare?"

"Era il CEO della Citibank."

"Giusto. Ora lo riconosco." Guardai davanti a me attraverso la folla di persone che si muoveva nella luce rossastra e saliva lo scalone di mogano verso il piano superiore. Supposi che al secondo piano ci fossero i cocktail, ma non ne ero sicura. Chi sapeva com'era organizzata la festa? Certo non questa ragazza del Maine.

In un attimo mi trovai di fronte a Robert, che fu cordiale ma noioso, e a Peachy, una bionda alta e magra, apparentemente verso i settanta ma il cui chirurgo plastico aveva tirato sapientemente il volto per riportarla verso i cinquanta. Indossava un abito dorato che brillava alla luce e si accordava alla sua pelle. Nonostante tutte le cattiverie sentite sul suo conto, la trovai bella.

Ma sarà bella anche dentro?

"Salve," disse allungando la mano. Non era esattamente una stretta di mano, era piuttosto una mano offerta, con le dita piegate delicatamente verso il basso. La presi e la lasciai mentre lei mi studiava.

"Sono Jennifer Kent," dissi. "Sono ospite di Henri Dufort questa sera."

"Ma certo," disse lei. "Ho sentito tanto parlare di te, Jennifer. È un piacere. Peachy Van Prout. Tu sei la compagna di Alex, giusto?"

"Sì, sono io."

"Come sta? Robert e io abbiamo letto sul *Times* di quello che vi è successo. Sembrava terribile e ci siamo preoccupati. Sembra che tu stia bene e, devo dire, sei bellissima. Alex come sta?"

"Si sta riprendendo. Grazie a Dio."

"In questo caso sono felice che tu ti sia sentita abbastanza bene da venire. Dopo quello che hai passato dire che sembri stare bene è un eufemismo. Mia cara, sei fantastica. E riconosco il vestito. Non voglio sapere come sei riuscita ad averlo, ma ho idea che abbia a che fare con una certa Miss Blackwell. Sanno tutti che può fare miracoli. E il mantello... davvero di effetto. Molto bello. Molto attuale. Perfetto." Si chinò verso il mio orecchio. "La gente qui è così avanti con l'età. Abbiamo bisogno di giovani donne come te per portare una ventata di freschezza in mezzo a tutte queste tendenze ormai consolidate. Sono contenta che tu sia qui."

Era davvero simpatica e gentile.

Si girò verso Toro. "Questo è il tuo..." Non era sicura di come poteva definirlo.

"Dopo quello che è accaduto l'altra sera..."

L'intuizione le brillò nello sguardo e scosse la testa come per fermarmi. "Non dire altro. Capisco e sono sollevata. Sono Peachy," disse a Toro. "Tu sei?"

Lui le prese la mano, che sembrava minuscola nella sua. "Mitchell."

"È un piacere conoscerti, Mitchell. Farai in modo che lei sia al sicuro?"

"Certamente, signora."

"Stai molto bene con lo smoking."

"Grazie, signora."

"Troverete da bere al secondo piano. Tra due ore verrà servita la cena al terzo piano. Solo per cinquanta di noi." Lanciò uno sguardo preoccupato a Toro. "Oh, cielo. Ma non avevo pensato anche a te."

"Non c'è bisogno, signora. Resterò al secondo piano se per lei va bene."

"Certo che sì. E non soffrirai la fame. Farò in modo che ti venga servita la cena lì. Me ne assicurerò personalmente. Mi sento così in colpa. Mi dispiace che non ci sia altro spazio al tavolo.

Alex non la poteva soffrire e Bernie l'aveva definita una schiava dei media, ma alla prima impressione a me era sembrata sincera e gentile. Non aveva bisogno di essere niente più che educata con Toro e me, ma era andata ben oltre. Mi sentii benvenuta.

"Henri è già arrivato?" Chiesi prima che la lasciassimo.

"È di sopra da qualche parte. È arrivato una ventina di minuti fa. Abbiamo circa duecento persone per l'aperitivo, quindi ci sarà un po' di folla lassù, ma riuscirai a trovarlo. Gli piace girare. Ti suggerisco di stare ferma in un posto e aspettare che lui passi."

"Grazie."

Mi sorprese prendendomi la mano e ammirando di nuovo il vestito. "Nessuno saprà come reagire in tua presenza, Jennifer. Preparati.

Indossando questo hai corso un bel rischio. E ringrazio il Cielo che lo hai fatto. Sono così stanca delle persone del nostro giro che non indossano ciò che è nuovo o di moda. Non ne posso più di cose vecchie, rassicuranti e noiose." Sollevò il mento verso di me. "E tu non sei noiosa. Ti inviteremo di nuovo al più presto. Spero con Alex, anche se ci piacerebbe che anche Mitchell si unisse a noi. Prometto che ci sarà posto anche per te," gli disse. "Sono imbarazzata che non ci sia, ora. Hai una moglie o qualcuno che potresti portare," chiese.

"Negativo per la moglie, signora. L'altra potrebbe esserci ma è ancora da vedere."

"Buon Dio," disse Peachy. "Sembra tutto così militare."

"Sono un ex soldato, signora."

Gli poggiò la mano sul braccio. "Bene, allora. Speriamo succeda presto perché ci piacerebbe avervi tutti a cena."

"BEH, MI SEMBRA DAVVERO simpatica," dissi.

"Anche a me."

"Non mi interessa cosa pensa di lei Alex. E non mi potrebbe importare di meno che Bernie pensi che è una schiava dei media. Con noi è stata gentile. Tu forse non sai molto di me, Toro, ma io vengo dal nulla. Punto. Sono diffidente verso le persone con tanti soldi come lei e invece mi è piaciuta subito. È una donna di classe."

"Le hanno anche fatto un buon lavoro."

Gli scoccai un'occhiata mentre seguivamo gli altri verso la scalinata di mogano intagliata in modo spettacolare. "Chi sei davvero, Toro?"

"Non il tipico Toro."

"Sei sicuro di essere a posto? Perché quella era una battuta davvero cattiva."

"A posto come un ragazzo davvero a posto. Ma sono in mezzo a questa gente da sei anni. Per tre anni sono stato la guardia del corpo di Diana. Siamo diventati amici. Qualche volta lei poteva essere molto maligna. Un po' di quello spirito forse mi è semplicemente rimasto attaccato addosso, nel bene e nel male."

"Lei com'era?"

"Ti sarebbe piaciuta. Penso che voi due avreste potuto essere amiche. Era un po' come te, ma diversa."

Io non sapevo praticamente nulla di com'era Diana. Se Toro aveva voglia di parlarne, io ero curiosa di sentire. "Come, diversa?"

"Non aveva la tua sicurezza né il tuo senso per gli affari, e non aveva nessun interesse nella Wenn. Era un po' uno spirito libero. Faceva quello che voleva."

"Cosa voleva?"

"Questo è il punto," disse Toro. "Penso che nemmeno lei lo sapesse. Secondo me è stata sfinita dalla Wenn, soprattutto quando Alex dovette occuparsene a causa della morte dei genitori."

"Nell'omicidio-suicidio?"

Mi lanciò un'occhiata. "Corretto. Mi è sempre sembrata un po' sperduta. Forse triste, ma lo nascondeva bene. Non saprei come descriverla, era complicata. Ma era anche brillante e quando ci si metteva sapeva essere furba. A certi eventi diceva sempre cose che mi facevano ridere. Mi piaceva il suo spirito."

"Mi dispiace che Alex l'abbia persa. E anche i genitori."

Toro non rispose. Stoico com'era, potevo indovinare che stava pensando a Diana e probabilmente sentiva la sua mancanza. Non volevo infastidirlo così ci avvicinammo insieme alla scalinata restando in silenzio. Lui alzò lo sguardo come se non mi avesse sentita. Forse era vicino a Diana. Magari il ricordo di lei era troppo.

"Toro, mi dispiace. Non avrei dovuto parlare di lei. Non avevo idea che foste così amici."

Lui si schiarì la voce e abbassò lo sguardo verso di me. "Tu non sei Diana, Jennifer. Sei diversa. Sei meravigliosa a modo tuo. Alex non ha cercato la stessa donna. Ok? So cosa stai pensando, quindi lascia stare. Tu sei più presente di lei: non hai paura di chiedere alle persone la loro opinione, come invece aveva lei. Tu ovviamente sei qui per rendere Alex fiero, ma questo non era sempre il caso con Diana. Qualche volta, ho la sensazione che lei si sentisse in competizione con lui e il suo lavoro. Lei non ne era felice. Ogni tanto gli giocava contro e creava problemi."

"Come?"

"Comportandosi male. Facendo scenate. Non tutti possono sopportare questa specie di esame e di pressione. Ma poi successe l'imprevedibile e lei morì. Penso che Alex sapesse che lei era infelice quando ha avuto l'incidente. Penso che questo l'abbia colpito profondamente e che per questo motivo abbia rifiutato una relazione per tanto tempo. Ma questi sono tutti pensieri miei e spero che resterà tutto tra noi."

"Rimarrà tutto tra noi. La mia bocca è una cassaforte." E lo intendevo davvero. Ogni volta che qualcuno si confidava con me e poi mi chiedeva di non dire niente, io mantenevo il segreto. "Lasciami fare ancora una domanda. Avrebbe mai indossato qualcosa del genere?"

"Per niente al mondo."

"Quindi io ho esagerato."

"Proprio no. Hai osato il giusto. Bernie aveva ragione. Vedrai. Ho visto lui e la Blackwell cercare di vestire Diana molte volte. Volevano che lei corresse qualche rischio e azzardasse con la moda perché sapevano che sarebbe stata bene e che le avrebbe portato un po' di visibilità. Ma lei era troppo tradizionalista e rifiutava di cedere. Pensava che le persone avrebbero dovuto interessarsi a lei non per quello che indossava ma per chi era come persona. Io capivo da dove veniva, ma in mezzo a questa gente era troppo ingenua. Qualche volta si chiedeva ad alta voce come mai la stampa la ignorasse. Non capiva che avrebbe dovuto cercare di sorprendere tutti uscendo un po' dagli schemi e facendosi notare. Non aveva capito che quello che indossava e quello che era spesso si incontravano a metà strada. La Blackwell e Bernie lo sapevano ma Diana no. Non aveva idea di come lavorarsi i media seguendo le loro regole. Non le importava che la Wenn avesse bisogno dell'interesse della stampa che lei avrebbe potuto portare. Diana era bella e, se solo si fosse lasciata andare, avrebbe potuto guadagnarsi la visibilità. Tu farai piacere al Consiglio domani, per non parlare di Alex, perché stasera sarai fotografata. Forse più di quanto ti renda conto. Penso che tu abbia coraggio."

"Penso di averlo perso."

"Non sto scherzando. Tu non hai avuto nemmeno un assaggio di quello che succederà. Anche vestita di stracci, o vieni celebrata o scaricata. Le critiche possono essere crudeli, soprattutto nei blog, che era dove denigravano Diana. Ma vieni anche esaltata. Puoi gestire questo genere di dicotomia?"

Quell'uomo era più intelligente e saggio di quanto mi ero resa conto. Mi sorprese. "Non so."

"Perché... con l'abito che indossi stasera? Succederà domani. Parleranno di te. Potrebbe andare in entrambi i modi, è meglio che tu lo sappia."

"Bernie e la Blackwell mi hanno incastrata?"

"No. Mai. Non sono così, loro. Nella loro visione questo ti farà fare un passo avanti. Avrai la stampa che loro desiderano e l'effetto collaterale è quello che la Wenn ha bisogno: la visibilità e gli affari cui stai lavorando. Se funziona è una vittoria per entrambe le parti. Penso che loro ti abbiano preparata per vincere e diventare qualcosa di conosciuto e necessario in questa città. Questo è il loro obiettivo. Non penso che tu l'abbia capito, Jennifer: sei sul punto di diventare famosa tra questa gente."

"Ora sono davvero spaventata."

"Non era mia intenzione."

"No, ho bisogno di stare tra i tiratori franchi, Toro. Ti ringrazio per il tuo punto di vista e la tua onestà. Ora devo solo riuscire a far passare la serata e non dispiacere nessuno. Sembrerebbe che io debba ottenere dei risultati."

"Un martini potrebbe aiutarti a prevenire un attacco di panico?"

"Sai che è così. Ma devo stare attenta. Ho bisogno di riuscire a pensare con lucidità. Due martini è il massimo per l'intera serata. Punto. Non berrò più di quello. Conosco i miei limiti. Per favore fai in modo di intercettare eventuali drink che mi vengono offerti nel modo più discreto possibile."

"Che ne dici se ti portassi io il primo?"

"Ti sarei davvero grata. Puoi averne uno anche tu?"

"Non bevo mai sul lavoro. Mai."

"Cosa ne pensi di un bicchiere da martini riempito di acqua freschissima e una fetta di limone in modo che sembri che mi stai facendo compagnia?"

"Quello posso farlo," disse. "Ma se finisce sul giornale dovrai spiegarlo tu a Mr. Wenn."

"Ti coprirò," dissi. "Prendiamo da bere. O meglio, prendimi da bere. Tu puoi prendere un'Aquafina. O qualunque cosa servano qui stasera. Forse Acqua Brillante, cosa di cui non hai davvero bisogno. Chissà?"

Con il mantello sollevato dal pavimento, salimmo al secondo piano con una scala che si allungava davanti a noi in modo da non riuscire a vederne la fine... Rivestita di legno scuro e illuminata in modo caldo, per migliorare l'aspetto di chiunque ne avesse bisogno, era affollatissima. In quel momento, prima che riuscissimo davvero ad entrare nella stanza, mi sporsi verso Toro. "Guarda quanta gente c'è," dissi. "E quanto è grande questa stanza. Buon Dio. Chi vive in questo modo?"

"Peachy Van Prout," disse. "E i suoi genitori e i suoi nonni ancora prima. Sai che ha ereditato tutto da loro, no? Erano nello zucchero. Lo sono ancora. Hai utilizzato il loro zucchero in ogni modo, dalle bevande, alle salse, alla pasta. Pensa per un momento a quanto è ampio *quel* raggio d'azione. Attenta al mantello."

Mi prese la mano e mi aiutò in modo che non lo calpestassi e ci inciampassi. Fortunatamente non lo feci. Quando alzai lo sguardo per cercare il bar, incontrai decine di volti girati verso di me. Vidi uomini che mi guardavano e donne che mi guardavano. Alcune in modo poco gentile. Alcuni con un misto di sorpresa, desiderio, disgusto, disinteresse e fascino. Quel misto di reazioni era sufficiente per incenerire chiunque, ma io dovevo avere fiducia nella Blackwell e in Bernie, così inghiottii tutto. Presumibilmente gli sguardi peggiori li ricevetti dalle donne, e questo significava che avevo vinto.

Gomiti toccavano gomiti e altri volti mi si rivelavano. Da qualche parte alla mia sinistra, il lampo di un flash. E poi un altro flash. Ero conscia delle occhiate che mi squadravano su e giù. E mentirei se dicessi che non ero imbarazzata e anche un po' eccitata. Alla mia destra, vidi Immacolata Almendarez, la cui bocca si aprì prima che spingesse tra la folla per arrivare a vedermi meglio. E poi mi sfidò con lo sguardo, che chiaramente diceva: "Tu non appartieni a questo mondo. Soprattutto senza Alex. Come osi presentarti in mezzo alla mia gente?"

Per non deluderla, mossi rapidamente le braccia e feci svolazzare il mantello, come se fossero ali. La macchina fotografica di qualcuno emise numerosi flash mentre mi muovevo e io lasciai che il mio sguardo incendiato fosse diretto verso Immacolata mentre il mantello si assestava intorno a me.

"Cos'è stato?" Disse Toro. "Sei un supereroe?"

"Se fossi stata un supereroe avrei silurato Immacolata."

"E chi è?"

"Scusa se sono volgare, ma è una cogliona. So che non è elegante ed è una parola che uso di rado. Ma lei lo è. Non l'hai vista?"

"E chi potrebbe non notarla? Guarda la sua espressione. È evidente che non le piaci."

"Questo è un eufemismo."

"Cioè?"

"Mi odia."

"Perché?"

"È una storia lunga che non vale la pena di raccontare."

"Ma in breve chi è?"

"Un toro," dissi. "Scatenato. In breve, voleva Alex per sé ma lui non era interessato a lei. Per qualche motivo era più interessato a me. Proprio ora, non c'è nient'altro al mondo contro cui vorrebbe avventarsi se non direttamente su di me e questo vestito."

"Beh, è rosso."

"Per questo il riferimento al toro."

"Devo ucciderla direttamente se si avvicina?"

Cominciammo a camminare verso la folla e il bar, che era alla nostra sinistra. Lungo il percorso, fissai Immacolata finché non distolse lo sguardo, fece una smorfia e probabilmente incominciò a parlar male di me a chiunque la stava ad ascoltare. "E privarmi del momento che so che arriverà più tardi tra noi? No, grazie. Assaporerò quel momento. Farò un banchetto."

"Pensi che verrà da te? Con tutta questa gente?"

"Soprattutto con tutta questa gente. Io sono un essere inferiore. Lo so. Non appartengo a questo ambiente. Ma questo non significa che raccoglierò la sua merda."

"E questo dimostra," disse lui, "perché sei completamente diversa da Diana."

CAPITOLO NOVE

Avevo appena iniziato il mio secondo e ultimo martini della serata quando finalmente scorsi Henri Dufort tra la folla. Non era un uomo alto, anzi era piuttosto basso, e probabilmente per questo motivo non lo avevo notato pur avendo passato più di un'ora nello stesso posto cercando di scorgerlo in mezzo agli altri. Ma poi c'era stato un movimento nell'onda. Lo vidi, guardai Toro e dissi: "Eccolo. Laggiù. Devo andare."

"Sarai al sicuro," disse. "Peachy ha la sua squadra di guardie del corpo. Hai notato?"

"Non me ne sono accorta."

"È così. Probabilmente perché è qui anche l'ambasciatore francese. Devo concederglielo, è ben organizzata. Ho contato almeno una decina di uomini e donne qui intorno che fanno parte della sua sicurezza e della scorta dell'ambasciatore. Non starò a indicarteli, sappi solo che li ho osservati e sono eccezionali. Mescolarsi agli invitati in questo genere di eventi non è facile, ma lo stanno facendo bene. Io resterò qui al bar da dove ti posso tenere d'occhio. Vai a presentarti a Dufort. Stai tranquilla."

"Non sono tranquilla. Mi sento come se dovessi rovinare tutto il lavoro di Alex."

"Il Consiglio non ti avrebbe mandata se avesse pensato che potevi fare danni. L'accordo con Streamed era una tua idea, no?"

Io annuii.

"E ti ricordi perché era una buona idea?"

Non esitai. "Ma certo."

"E allora, dov'è il problema? Questo è il genere di sicurezza che devi mostrargli. Forza, Jennifer. Capisco che avere a che fare da sola con qualcuno non è nei tuoi registri, ma pensa a quando Alex ha dovuto cominciare perché sono morti i suoi genitori. Faceva nascere l'occasione e concludeva l'accordo."

"Io non devo concludere un accordo. Devo solo far proseguire la discussione e rispondere alle domande."

"Ancora meglio. Fallo. Vai, ora."

Appoggiai il martini sul banco del bar, sollevai il mantello in modo che né io né qualcun altro potesse inciamparci e mi inoltrai tra la folla. Un cameriere si fermò di fianco a me con un vassoio d'argento colmo di scintillanti flûte di bellissimo, frizzante champagne e mi chiese se ne volevo... Declinai anche se in realtà ne avrei buttato giù uno volentieri. Una signora anziana mi toccò il gomito passandomi vicina e fece un commento sul mio vestito: "Delizioso," disse. "Davvero fantastico." La ringraziai. Un attimo dopo sentii una voce di donna dire a un'altra che io ero la donna del Times. "La ragazza di Alexander Wenn, credo. È qui da sola e così appariscente. Mi chiedo cosa ne pensi *lui*..."

Infine arrivai accanto a Dufort, un bell'uomo, abbronzato e con una incredibile testa di capelli grigi. Stava parlando a una coppia dall'aspetto austero che si lamentava di quanto fosse costoso trovare buoni collaboratori per la loro villa sulla costa della Turchia.

"Si parlava di centesimi all'ora sulla Turchese, Henri," disse la donna, riferendosi a quella nota parte di costa. "Centesimi. Ora vogliono un intero dollaro all'ora. Un dollaro! Per piegare la biancheria e pulire un pochino! È ridicolo. Non si rendono conto di quanto sono fortunati a lavorare per noi? A lavorare in una tale oasi? A essere nutriti da noi? Tu sei stato a casa nostra, sai quanto sia grandiosa e questa gente che viene dal nulla, *dal nulla*, ha la fortuna di lavorare quattordici ore al giorno per noi invece di passare il giorno a morire di caldo là nelle baracche da dove vengono. Deve avere qualche valore. Sono arrivata al punto che non sopporto più nessuno di loro. Tre delle mie cameriere, Bilge, Erbil e Gülcan, sono particolarmente difficili. Hanno dato a Gerald e me una settimana per accettare la nuova paga, altrimenti se ne vanno. Ma come osano? Come si permettono di parlarci in quel modo? Come il resto del personale, anche queste tre puzzano da morire. Così, se se ne vanno, almeno ci libereremo di *quello*."

"Forse l'aumento di paga consentirebbe loro di comprare del sapone," disse Dufort.

"Consentirebbe loro di comprare cosa?"

"Sapone," disse lui. "E forse anche del detersivo per i panni, o vestiti nuovi, o deodorante in modo da risultarvi meno sgraditi."

La donna spalancò gli occhi. Fece per parlare, ma restò incredula. Un mormorio si diffuse tra la folla da qualche parte alla mia destra. Vidi i lampi dei flash di una macchina fotografica. Ma stava succedendo così spesso in quella serata, tra l'altro anche a me, che stavo cominciando a chiedermi se Peachy fosse davvero una schiava dei media, per quanto io la potessi apprezzare. Mi chiesi chi era la celebrità o la persona notevole presa di mira ora. Non importava. Perché, nel tempo in cui mi posi la domanda, altri flash lampeggiarono e un'altra serie di mormorii di riconoscimento attraversò la stanza e ricominciò il circo dei media. Dufort rispose con una scrollata di spalle alla donna di fronte a lui. Poi mi vide, mi riconobbe e si congedò dalla coppia dicendo che si sarebbero rivisti più tardi.

Si girò verso di me e mi baciò sulle guance.

"Jennifer," disse. "Che tempismo perfetto. Mi dispiace che tu abbia dovuto sentire…"

"Mr. Dufort," dissi quando si allontanò da me. "Mi dispiace di essere arrivata in un momento un po' complicato."

"Chiamami Henri. E non preoccuparti. Quei due si rotolano nei drammi come porci nel letame. Sono tra le persone più ricche e più taccagne che conosco. Io interagisco con loro e le sopporto per via degli affari. Altrimenti, li avrei cacciati in un attimo." Fece un passo indietro per ammirarmi. "So che sei brillante," disse. "Posso anche dire che sei bella?"

Arrossii al complimento, ma sapevo che era meglio non ignorarlo, così lo accettai. "Penso che nessuna donna avrebbe da obiettare."

"Tu certo non dovresti. E che vestito. Scommetto che qui nessuno sa come reagire."

"Ho colto alcuni sguardi curiosi."

"Ci scommetto. E anche diversi invidiosi."

"E forse sono in maggioranza quelli perplessi. Con questo mantello, mi sento come un supereroe, Henri. È un po' eccessivo."

"E non è fatto apposta? Guardati intorno. Cosa non è un po' eccessivo?"

Risi. "Questo è un buon punto."

"A chi importa cosa pensa questa gente? Certo non a me. E non dovrebbe nemmeno a te. Sono solo persone, Jennifer. Stesso sangue, stessi organi. Sono persone con i soldi e con una certa influenza, certo. Ma la maggior parte di loro è troppo intima e troppi di loro sono stupidi. Credimi."

"Non ho la pretesa di sapere molto di questa gente. Io vengo dal nulla."

"E quindi?"

"Non ho niente su di loro."

"E cosa vuol dire? Guardati intorno. La maggior parte di quello che vedi sono soldi ereditati. Questa gente non distinguerebbe il proprio culo dallo stipendio mensile, la maggior parte del quale è stata guadagnata dai bisnonni. Non da loro."

Non sapevo molto di Henri dal punto di vista personale. Ma era così caustico con quelli che lo circondavano che doveva esserci una ragione. Di nascosto, mi stava raccontando qualcosa di sé. Io decisi di seguire il mio istinto di pancia e di aprire la porta. "Perdonami se sbaglio, ma ho la sensazione che tu abbia avuto il tuo daffare per arrivare in cima. È così?"

"Dal nulla fino in cima. Proprio come farai tu."

"Per quello vedremo."

"Oh, sì, vedremo. Tutti quanti vedremo. Hai una luce speciale negli occhi. La riconosco. Io ce l'ho ancora. Si chiama 'determinazione'. O anche 'togliti dalle palle che devo passare'."

L'avevo giudicato in modo assolutamente errato. Pensavo che, essendo così ricco, sarebbe anche stato arrogante e distante. Pensavo lo stesso di Peachy. Ma era proprio il contrario con entrambi. *Ho imparato una lezione.* "Da dove hai cominciato?"

Allargò le braccia e si mise una mano sul cuore. "Come un povero bambino nato per le strade di Parigi."

Risi al suo fascino. "Intendevo negli affari."

"Oh, quello. È una storia lunga, quindi ti fornirò la versione abbreviata. Ho lavorato sodo, sono stato fortunato, ho continuato a lavorare sodo, ho rovinato tutto, ho lavorato ancora più sodo, sono stato fortunato, sono stato colpito a tradimento, ho rovinato tutto di nuovo, sono ritornato povero, mi sono tirato su, ho combattuto, ho vinto, ho perso e così via. Non voglio esagerare, è più o meno così che è andata. Ma con ogni sbaglio ho imparato qualcosa. Ho capito cosa è andato male e mi sono detto che non sarebbe successo di nuovo. Molti tendono a non analizzare i propri errori o non si prendono il tempo di capire come mai hanno sbagliato. E non capiscono una cosa basilare: la comprensione dei propri errori e la capacità di non ripeterli due volte è la chiave."

Mi sorrise. Fui sorpresa da quanto fosse affabile. Forse questa era una delle caratteristiche del suo successo, la capacità di far sentire le persone a proprio agio. L'ultima volta che lo avevo visto, era seduto in un trono dorato e la gente andava verso di lui in massa, praticamente inchinandosi ai suoi piedi. Quella sera era quasi una figura mistica. Ma ora, dopo averlo sentito parlare con me al mio livello, mi chiesi come mai aveva messo in piedi quello show esagerato. Forse era così che lo vedeva la gente. Forse era quello che si aspettavano da lui. O magari era quello che lui sentiva di dover dare loro. Chi lo sa? In ogni caso, non mi aspettavo questa persona. Era aperto e gentile in un ambiente che spesso trascurava entrambe le caratteristiche.

"Ero ansioso di vederti, stasera," disse. "Soprattutto dopo che ho saputo che l'idea della fusione tra Streamed e Wenn Entertainment è stata tua. È un'intuizione geniale."

"Penso che le possibilità siano incoraggianti."

"È il minimo che si può dire. Dal momento in cui Alex mi ha proposto l'idea, le mie persone hanno fatto un po' di ricerche e i risultati sono più che rassicuranti. Se ci muoviamo rapidamente, penso che abbiamo la possibilità di lasciare il segno dove Netflix e altri concorrenti non hanno ancora presa."

"Ho fatto le mie ricerche e sono d'accordo. Tu hai già la tecnologia a disposizione, penso che sia un sistema universale?"

"Lo è, con pochissime eccezioni. Mi hanno detto che approntarlo per un utilizzo globale richiederebbe alla mia squadra di ingegneri e programmatori solo qualche mese, che è un tempo breve."

"Più breve di quanto avrei pensato. La Wenn ha i contatti che ti possono aiutare ad entrare nei Paesi in cui potresti avere bisogno di aiuto. Insieme, tu e la Wenn potete collaborare e, grazie all'aiuto reciproco, costruire l'infrastruttura necessaria per vincere. Non penso che sia troppo tardi per avviare un progetto di successo."

"Ora stiamo andando tutti verso il digitale. Netflix ha il mercato degli Stati Uniti. Bene. Buon per loro. Ma in realtà, e come tu ben sai, il mercato è globale. Pensa ad Apple, per esempio. Dove compra la musica la gente di tutto il mondo? Nei negozi? Certo che no. E poi guardiamo Amazon e come sta cambiando il modo in cui compriamo libri. Sempre più persone li comprano online per i dispositivi di lettura elettronica o i tablet. Gli Stati Uniti saranno sempre un passo avanti e questo ci dà un vantaggio: è la prova del nove per il resto del mondo. Non sei d'accordo?"

"Certo. Ma perché limitare Streamed al video? Perché non anche la musica, la televisione e i libri? Amazon e Apple non sono i pilastri dovunque. Ci sono altre opportunità globali che possiamo considerare.

Ci sono aree dove loro non sono ancora arrivati. Almeno secondo la mia ricerca, e sull'argomento ho cercato anche gli spilli."

"Non potrei essere più d'accordo. Se solo riusciamo a lanciare Streamed in alcuni mercati chiave e coprire lì *tutto* il mercato, abbiamo vinto. Penso che Alex, tu e io siamo una grande squadra." Fece una pausa. "Ho sentito di quello che è accaduto ad Alex e te dopo la mia festa di compleanno l'altra sera. Mi dispiace. Alex sta bene? Ho sentito che è in ospedale."

"*Era* in ospedale. È appena uscito."

Mi girai al suono della voce familiare alle mie spalle e mi trovai di fronte ad Alex. Mi misi la mano sulla bocca, incredula. Era in smoking e ben strigliato. Il suo viso era stato sistemato, notai solo una traccia delle ferite sotto quello che doveva essere del trucco applicato da un professionista. *Bernie e la Blackwell*, pensai. Alex mi strizzò l'occhio.

"Stai benissimo," disse. "Come sempre, del resto. Sono state scattate molte foto? Immagino di sì, con te così favolosa, amore."

Prima che io potessi rispondere si rivolse ad Henri.

"È bello vederti, Henri."

Avrei voluto allungarmi e abbracciare Alex ma sarebbe stato inappropriato in questa situazione, così mi trattenni. Invece, gli presi la mano nella mia e la strinsi forte. Ero stordita dal sollievo. Alex era in piedi. Vestito di tutto punto per la serata. In quel momento, ero sicura che non sarei potuta essere più felice.

Henri Dufort non era uno sciocco. Prese la mano libera di Alex e la tenne nella sua. "Hai un bell'aspetto," disse.

"Mi sento bene."

"E sei innamorato. È evidente. Noi francesi... sentiamo l'energia. È più forte di noi. Sappiamo quanto sia importante. Gli affari sono importanti, ma anche l'amore. E tu sei innamorato. Finalmente sei di nuovo innamorato, Alex. Dopo tutti questi anni. E di questa donna splendida."

"Lo sono."

"È meraviglioso. Vai a casa e stai con lei. Non c'è bisogno di restare qui per me. Portala a casa con te. State insieme. Non sarà tempo perso. Jennifer e io abbiamo appena avuto un incontro di cervelli." Fece un cenno verso di me. "A proposito: lei? È una tosta. Mi ha venduto l'idea. È lei che voglio a capo del progetto. Anche te, certo. Ma tu hai tante cose di cui occuparti, e ne tengo conto. Così, vorrei lei nella mia squadra. Lei realizzerà il progetto. Non sei d'accordo?"

"Certamente. Sarai in ottime mani con Jennifer."

"Allora per stasera sono a posto. In questo momento, voi avete bisogno di stare insieme. Soprattutto con te appena uscito dall'ospedale e dopo quello che è successo al mio compleanno. Andate. Non sarò così gentile quando ci rivedremo nei prossimi giorni. Vorrò risultati, piani e strategie. Ma stasera è il momento di essere umani. Mi ricordo di com'era quando l'amore era fresco, prima che la mia Claire morisse. E posso solo immaginare quello che avete passato nei giorni scorsi. Peachy troverà qualcun'altra che si sieda vicino a me. Guardatevi intorno, indovinate un po' chi vorrebbe sedersi a quel tavolo così ambito. Per dirla in poche parole, Jennifer mi ha già eccitato per il futuro di Streamed. Quindi, andate."

"Henri," disse Alex, "non sono venuto per interrompere la conversazione."

Henri mi guardò, poi guardò Alex. "Quello di cui avete bisogno è continuare la vostra conversazione." Cominciò a spostarsi in mezzo alla folla, enfatizzando la sua posizione. "Ci vediamo presto. Alla Wenn. Verrò io perché so che ti stai ancora rimettendo. So cosa voglio da te. Tu mi devi solo far trovare la soluzione. Parleremo. Rideremo. Conquisteremo. Andremo avanti. Mi sento già felice e pronto per i prossimi passi, ma procederemo con giudizio. La mia assistente si metterà in contatto con la tua. *C'est tout. Allons.*"

E Henri Dufort sparì in mezzo alla gente.

CAPITOLO DIECI

Quando mi girai per guardare Alex, notai quello sguardo tenero che mi era mancato tanto. Era quello che sfoggiava di solito quando avevamo in programma di partecipare a un evento e, dopo essere stata acconciata e trasformata da Blackwell e Bernie, io prendevo l'ascensore per incontrarlo al suo piano alla Wenn.

In quel momento mi resi conto che eravamo al centro dell'attenzione. E, per quanto fosse strano, mi sembrava che fossimo gli unici due in una stanza con centinaia di persone. Alex mi teneva ancora la mano, poi la sollevò e se la portò alle labbra, baciandone il dorso. Per un momento le sue labbra rimasero lì appoggiate. Poi premette la guancia sulla mia mano e chiuse gli occhi come sollevato.

Sono innamorata di te, pensai mentre facevo passare le dita tra i suoi capelli. *Tutto quello che mi preoccupava in passato non c'è più. Tu sei un uomo buono, Alexander Wenn. Mi dispiace per tutti i muri che ho costruito, erano un prodotto della mia paura. Ne sono pentita. Ho fiducia in te, ti amo e non potrei essere più felice dello stare finalmente insieme a te.*

"Come hai fatto?" Gli chiesi. "Avevano detto che dovevi restare anche stanotte. Come sei riuscito a uscire dall'ospedale?"

Mi guardo e alzò le spalle. "Ho detto loro che mi mancava la mia ragazza," disse. "Che avrei potuto avere un attacco di cuore se non la vedevo stasera. I medici ci hanno pensato un po' e poi mi hanno dimesso."

"Vieni con me," dissi. "Da questa parte, dove siamo un po' più in disparte."

Presi la sua mano e lo guidai tra la gente fino all'angolo più lontano della stanza dove c'erano meno persone. Mi misi in piedi di fronte a lui con la schiena appoggiata al muro così nessuno poteva vedermi. Lui dava la schiena alla stanza, così nessuno poteva vederlo in faccia. Non era perfetto ma era la cosa più discreta che potevamo ottenere, considerate le circostanze. Mi allungai e lo baciai rapidamente sulle labbra perché sapevo che ogni manifestazione di affetto in pubblico era disapprovata da questa società. Ma ad Alex sembrò non importare. Cedette al mio bacio e contraccambiò con passione. Quando ci staccammo, sembrò una cosa innaturale, come uno strappo. Volevo stringerlo tra le braccia, ma quel posto me ne negava la possibilità. Potei notare la mia frustrazione rispecchiata nella sua espressione.

"Non possiamo comportarci così in questo posto," dissi. "So che sei ferito. So che non possiamo essere del tutto intimi questa sera. Ma potremmo semplicemente restare vicini sul tuo divano..."

"Ce ne andiamo. Farò l'amore con te. Mi sento bene."

"È troppo presto. Sono preoccupata."

"Il dottore mi ha dato il Lasciapassare Speciale. Sono pronto per andare."

Sollevai le sopracciglia nella sua direzione. "Il Lasciapassare Speciale?"

"Sì. Sono una macchina. Ho detto al dottore cosa avevo in mente e lui mi ha detto di non fare il matto. Io gli ho chiesto di dirmi cosa intende con 'matto'. Questo l'ha lasciato di stucco. Mi ha controllato di nuovo il polso e mi ha osservato gli occhi con uno di quegli attrezzi luminosi. Sembra che non abbia visto niente di cui preoccuparsi e così mi ha dimesso. E ha detto: 'Fai il matto.'"

"Non sai quanto mi senta sollevata ad averti qui e sapere che stai bene."

"Vuoi vedere quanto sto bene?"

Mi baciò con più passione di prima. Allungò le braccia e mi afferrò il sedere con le mani strizzandolo. Sentii la sua lingua infilarsi nella mia bocca. E quando la barba cominciò a grattarmi lungo la curva del collo sentii un calore umido sprigionarsi tra le gambe mentre il mio corpo fremeva e prendeva vita.

Sapevo che non avremmo dovuto farlo in quel posto. Sapevo che era inappropriato e che qualcuno si sarebbe sentito offeso e irritato, ma Alex conosceva questa gente meglio di tutti e sembrava che a lui non importasse. Quando gli sussurrai nell'orecchio che avremmo dovuto andarcene, lui fece una specie di grugnito e mi baciò con maggior vigore.

Fu in quel momento che partì un'esplosione di luce.

"Non fermatevi," disse una voce familiare. "Questo è il tuo momento, Bob. Così. Scatta. Illuminali. Cattura questo piccolo momento osceno di fuochi d'artificio nell'intimità. Ne parlano tutti. Ma perché tenere solo per noi queste indiscrezioni? Fotografiamoli così che l'intera città possa vedere."

A causa del rapido succedersi delle luci dei flash, non riuscivo a vedere chi stava parlando. Ma riconobbi la voce: apparteneva a Immacolata Almendarez, ed era chiaro dal suo tono che era furibonda. Avrei voluto abbatterla per aver fatto questo ad Alex. Nessuno in questa città sapeva chi ero io, ma Alex era di certo conosciuto. E quello che lei stava cercando di fare era umiliarlo pubblicamente. Con mia sorpresa, Alex sembrò non essere turbato dalla confusione. Si girò verso la macchina fotografica con un tale sorriso che i flash smisero di lampeggiare.

"Ciao, Immacolata," disse.

Lei non rispose.

"Così, all'improvviso non parli più?"

Evidentemente, no. Non disse niente.

Alex guardò il fotografo. "Bene, allora. Penseremo di lei quello che pensa il mondo intero: è un'ubriaca inesistente, triste e amareggiata. Io non ti conosco, ma vorrei presentarti la mia ragazza, Jennifer Kent, con la quale non sto da qualche giorno per motivi dei quali probabilmente avrai letto. Oppure no. In ogni caso, sei pronto per l'ultimo scatto? Perché questo *sarà* l'ultimo scatto, te lo prometto. Ma non è un imbroglio. Ti regaleremo qualcosa da ricordare. E la puoi dare al giornale per cui lavori."

"Il *Post*, Mr. Wenn."

"Quindi pagina Sei?"

"Questa ha 'pagina Sei' scritto dappertutto."

"A dire il vero, quello che sta per succedere ha 'pagina Sei' scritto dappertutto. Pronto? E tu, Immacolata? Sei pronta?"

"Vai al diavolo, Alex."

"E passare il resto dell'eternità là con te? No, grazie. Non vedo nessuna vergogna nell'avere un po' di intimità con la donna che amo. Quindi, scatta la foto, se riesci. E mi riferivo a entrambi voi."

Notai che Toro si era messo di fianco al fotografo. Torreggiava su di lui in modo tale che la circonferenza dei suoi pettorali e le spalle larghe avevano spinto di lato un'Immacolata davvero incazzata.

Alex mi sussurrò nell'orecchio. "Baciami come se lo volessi fare, ok?"

Io mi morsi il labbro inferiore. "Sei perfido," dissi.

"Solo innamorato. Perché non condividerlo con la città? Qualcuno ha aspettato questo giorno per troppo tempo. Voglio che vedano quanto sono fortunato."

"E quanto sono fortunata io."

Lui piegò la testa verso di me quando lo dissi e poi molto delicatamente allacciò il braccio sinistro intorno alla mia vita e mi baciò con una tale intensità che io fui a malapena conscia delle luci del flash. A parte quelle nella mia testa, ovviamente. Lì le luci si accendevano in modo tanto meraviglioso quanto incandescente. Ero persa in loro e in lui. Quando Alex si allontanò da me, il fotografo si fermò. Alzai lo sguardo e vidi Toro di fianco a lui, che gli teneva una mano sulla spalla.

"Hai avuto il tuo scatto?" Chiese Alex.

"Sì, Mr. Wenn."

"Fammi un favore, vuoi? Ci sono due modi in cui ti puoi giocare questa storia. Puoi usare gli scatti più piccanti che hai ottenuto prima grazie a Immacolata, e ottenere un po' di brusio. O puoi usare uno di quelli più romantici che ti abbiamo appena regalato. Non è un segreto che la stampa in questa città abbia aspettato anni che io mi innamorassi di un'altra donna. Più di una volta il tuo giornale si è chiesto se e quando sarebbe successo. Così, perché non rispondere a quella domanda con uno di questi scatti? Perché è successo. Se scegli questa strada, Jennifer e io accetteremo di fare un'intervista con il *Post* dopo il matrimonio."

"Vi sposate?" Chiese Immacolata.

"Sì, se lei accetta. Ma a differenza tua, Immacolata, io rispetto gli altri. E rispetto Jennifer tanto da non volerle mettere fretta. Non appena lo saprò mi preoccuperò di comunicarlo a questo giovanotto e al suo giornale." Alex si girò verso di lui. "È una promessa, ma solo se ci farai la cortesia di scegliere le foto appropriate. Se verrà fatto un annuncio, mi assicurerò personalmente che tu sia il fotografo che parteciperà all'intervista. Questo dovrebbe giovarti alla carriera. Ti va bene?"

"Quello che si pubblica in realtà dipende dai miei editori."

"Capisco. Per questo tu devi raccontare loro tutto quello che ti ho appena promesso e vendergli la proposta. La mia parola vale qualcosa. Tu e io sappiamo bene quanto le mie potenziali nozze, se sarò così fortunato, valgano in questa città. Siamo d'accordo?"

"Siamo d'accordo."

"Spero di vederti prima di quanto pensi, se capisci cosa intendo."

"È una donna adorabile, Mr. Wenn."

"Grazie. Sono un uomo davvero fortunato, considerato che la qualità di alcune donne in questa città è davvero bassa. Pensa alla donna che ti ha indirizzato da noi questa sera, per esempio. Allora, speriamo di vederci presto?"

"Farò del mio meglio."

"Stammi bene, Bob."

Mentre Toro lo accompagnava via, sentii l'uomo dire: "Mr. Wenn si è ricordato il mio nome..."

Subito, anche Immacolata si diresse con loro all'uscita. Dato che sapevo che se Alex le avesse messo le mani addosso avrebbe solo portato ulteriore cattiva pubblicità, fui io che intervenni e la feci girare.

Lei mi fulminò con lo sguardo. "Toglimi le mani di dosso, stupida, piccola puttana."

"Vattene, Immacolata," disse Alex. "Vattene subito o giuro che te ne pentirai. Ti rovinerò."

"Non hai quello che ci vuole per rovinarmi," disse, "Dal momento in cui quella stupida cogliona di tua moglie è morta, sei diventato una patetica ombra di uomo che non vede l'ora di sistemarsi con questa troia."

La folla trattenne il respiro.

"Come hai chiamato sua moglie?" Chiesi.

Per sfida, mi gettò in faccia lo champagne dal bicchiere che teneva in mano, causando un ulteriore sospiro da parte della folla intorno a noi. Ora avevo ogni diritto di difendermi. Con tutta l'energia che avevo in me, caricai la mano e la schiaffeggiai talmente forte da farla cadere per terra.

"Polizia!" Gridò Immacolata.

"Meglio che ce ne andiamo, ora," disse Toro passandomi un fazzoletto.

Mi asciugai il volto tamponandolo, dissi ad Alex di restare in disparte e poi mi chinai verso Immacolata dicendole in faccia: "Fai la stronza con noi un'altra volta e giuro che questo è solo l'inizio. Insulta ancora sua moglie e ti pesto a sangue."

Lei fece per alzarsi in modo apparentemente aggressivo, mostrando i denti. Io decisi che era un po' troppo aggressiva e la schiaffeggiai di nuovo, questa volta così forte che ricadde sulla schiena e cominciò a contorcersi sul pavimento con le mani sul volto. Era una tale attrice drammatica che sospirava e gemeva come se qualcuno le avesse sparato. Per favore. Mi abbassai di più. "Mi hai gettato in faccia quello che stavi bevendo. Hanno visto tutti. Mi sono sentita minacciata e ho agito solo per autodifesa. Tu ed io sappiamo che Alex può e ti rovinerà socialmente, quindi se fossi in te mi leccherei le ferite, riconoscerei i miei errori e me ne andrei al diavolo lasciandoci in pace. Se ci capiti ancora tra i piedi, lui ti farà bandire da questa città. Ora, smettila."

"Voi due dovete andare," disse Toro ad Alex e me. "Mi occuperò io della sicurezza e spiegherò l'accaduto. Stanno venendo da questa parte."

Io feci scivolare il mantello rosso sul viso di Immacolata come se fosse un toro appena pugnalato, sanguinante sul pavimento. "Bene. Andiamo."

Alex mi fissava attentamente. Non ero sicura di riconoscere ogni emozione sul suo volto, ma di una ero certa, la sorpresa. Forse anche un po' di ribrezzo.

"Nessuno fa lo stronzo con te se io sono presente," gli dissi. "Nessuno." Gli presi la mano e cominciammo a muoverci in mezzo a quella parte della folla che aveva assistito alla scena. Si girarono a guardarci mentre passavamo. Lingue schioccarono per il disgusto, ma sentii anche un uomo dire: "Ben fatto."

"Stai bene?" Chiese Alex.

"Solo un po' sudata. Niente che una ragazza del Maine non possa gestire."

"Certo che voi ragazze del Maine siete toste."

Gli lanciai un'occhiata obliqua e vidi una traccia di ironia nei suoi occhi. "Quella donna ha cercato di umiliarti."

"Ha cercato di umiliare anche te."

"Non mi importa di me. Mi importa di te. Ha superato una linea."

"Lo ha fatto, con entrambi. Tu sei importante quanto me, Jennifer. I soldi non definiscono una persona o come uno va trattato." Fece una pausa. "Io in generale sono contrario alla violenza, ma sono abbastanza contento che tu l'abbia schiaffeggiata. Ti ha gettato il drink addosso. Quello che hai fatto era autorizzato."

"L'ho schiaffeggiata due volte."

"E forte. L'hai messa davvero al tappeto con la seconda sventola."

Feci un respiro per calmare i nervi e alzai lo sguardo verso di lui mentre ci affrettavamo all'uscita. Lui mi strinse la mano nello sforzo di rasserenarmi. Dovevo superare l'episodio o il resto della serata sarebbe stato rovinato e non volevo che succedesse. Altrimenti, Immacolata avrebbe vinto. Feci un altro respiro e lo strinsi a mia volta. "Strillava come un maiale, vero?"

"Oh, sì. Strillava come un grosso, vecchio porco."

"Non farmi ridere."

"Perché no? Sei bellissima quando ridi."

"Non con il trucco che mi cola sulla faccia."

"A dire il vero non è così. Stai bene. Conoscendo Bernie, immagino che usi solo i prodotti migliori. Sul serio. Non diresti che sia accaduto niente."

Tagliammo a sinistra verso le scale.

"Ti rendi conto che nessuno ci inviterà più da nessuna parte?" Dissi.

"Stai scherzando? A questo punto siamo un grande spettacolo su cui si può contare. Dovunque saremo la prossima volta probabilmente avranno attrezzato un ring per noi."

Io emisi un gemito. "Il Consiglio ti ucciderà domani, quando usciranno quelle foto."

"Nessuno ha scattato foto del litigio. Solo di noi che ci baciavamo. Cosa c'è di male? È un buon modo per fare pubblicità alla Wenn. Se al *Post* sono abbastanza furbi da usare le foto giuste, il Consiglio ne sarà felicissimo."

"Non saranno altrettanto felici quando scopriranno cos'è successo qui stasera," dissi mentre iniziavo a scendere le scale. Mi sollevai il vestito e scesi rapidamente al piano inferiore con Alex al mio fianco. "A questo punto, credo che abbiamo... una certa reputazione."

"Meglio che non averne."

"Cosa abbiamo? Sembra che creiamo confusione dovunque andiamo."

"Vedila così. Siamo i nuovi Burt e Liz."

Risi alla battuta. "No, non quelli."

"È vero."

"Beh, forse da un certo punto di vista," dissi mentre attraversavamo la stanza e ci dirigevamo alla doppia porta che immetteva sulla strada. "Ma vuoi sapere qual'è la principale differenza tra noi e loro?"

"Certo."

Lo freddai all'istante.

"Io non divorzierò mai da te," dissi.

CAPITOLO UNDICI

Mi sembrò che volesse dire qualcosa, ma gli misi un dito sulle labbra. "Chiama le tue guardie del corpo. Dì loro che stiamo uscendo. Poi andremo nel tuo appartamento così posso fare una doccia e togliermi di dosso questo champagne appiccicoso. Dopo di che possiamo prenderci un martini e rilassarci. Ok?"

"Io ho qualcosa di più in mente, ma siamo abbastanza allineati." Estrasse il cellulare e digitò tre numeri. "Saranno qui in un momento."

E infatti arrivarono.

Le guardie ci trovarono in attesa nell'ingresso. Erano in quattro, tutti armati e addestrati ad uccidere. Mi chiesi se avessero qualche traccia sulla sparatoria a questo punto. O se l'avrebbero mai avuta. Alex mi aveva detto che avremmo potuto non scoprire mai chi ci aveva sparato quella sera. Per quanto ne sapeva lui, e per sua esperienza, il mistero poteva restare irrisolto. L'idea che qualcuno potesse fare quello che ci avevano fatto e poi sparire costringendoci a vivere nel timore di nuove minacce alle nostre vite, mi innervosiva.

Mentirei se dicessi che non ero tesa quando uscimmo all'aperto di notte. Anzi, una parte di me era terrorizzata all'idea di essere così esposta, nonostante quegli uomini che ci proteggevano come se fossimo in un bozzolo.

Lasciammo la dimora di Peachy Van Prout sulla Park, attraversammo rapidamente il marciapiede ed entrammo nell'auto, probabilmente a prova di proiettile, che ci aspettava. In un attimo fummo all'interno, fortunatamente senza incidenti, e pochi minuti dopo arrivammo alla Wenn, ancora una volta sani e salvi.

Stanno aspettando nell'ombra? Mi chiesi mentre prendevamo l'ascensore per l'attico di Alex. *E in questo caso, quando arriveranno?*

DOPO LA DOCCIA, MI asciugai rapidamente i capelli, misi la crema idratante sul volto e mi lavai i denti con uno spazzolino su cui era scritto 'Jennifer' con la calligrafia di Alex. Poi andai al cassetto dove teneva le sue T-shirt. Ma invece delle T-shirt trovai un assortimento di biancheria intima costosa. Sorrisi a quella vista e ne fui anche commossa. Cercai qualcosa che potesse fargli piacere.

Dopo un momento trovai quello che cercavo: un body di seta lilla con pizzo civettuolo e la schiena nuda. Dopo averlo indossato mi sentii sexy e lussuriosa; era così leggero che sembrava di non avere addosso quasi niente. Un lato positivo era che arrivava a coprire il livido sulla coscia. Per il taglio sul braccio, invece, non c'era nulla da fare. Non avevo modo di nasconderlo perché l'intenzione dietro la biancheria intima che Alex aveva scelto per me era quella di coprire il meno possibile.

Tornai in bagno, mi specchiai e decisi che i capelli e il viso avevano bisogno di un ulteriore tocco per adattarsi a quello che indossavo. Dopo aver messo un po' di fondotinta, gloss sulle labbra e una lozione sui capelli per dare loro un aspetto più lucido e ordinato, mi guardai di nuovo allo specchio. Osservai le diverse angolazioni e decisi che Alex avrebbe apprezzato. Io certo speravo che lo facesse. Dopo tutto quello che avevamo passato, non volevo deluderlo.

Quando tornai in soggiorno, trovai Alex comodamente seduto sul divano con indosso solo un accappatoio di cotone bianco aperto sul petto... e che petto. D'altra parte, con le gambe allargate, era evidente che sotto era nudo. Aveva preparato i martini, che erano appoggiati sul tavolino di fronte al divano, scintillanti alla luce dello skyline di Manhattan alle loro spalle.

"Lascia solo che ti guardi per un attimo," disse.

Volevo farlo felice e così lo accontentai. Feci un giro e poi gli lanciai un bacio. "C'è un bel po' di biancheria di là, per una sola ragazza," dissi.

"Hai tutto il tempo per farne buon uso. E poi ne ordineremo altra. Martini?"

"Che domanda..."

Picchiettò il posto a sedere vicino a lui. "Vieni qui prima che venga a prenderti io."

"Arrivo, dottore."

"Penso che tu sia l'unica 'infermiera' che sono contento di vedere in questi ultimi giorni."

Mi accoccolai vicino a lui e appoggiai una gamba sulle sue mentre lo baciavo sul collo e poi sulle labbra. Lui mi passò il martini. Facemmo tintinnare i bicchieri e bevemmo. La perfezione in formato ghiacciato.

"Sei piuttosto bravo a preparare i cocktail," dissi.

"Sì, questi li so fare perché non sono da scienziati. Ma se mi chiedi qualcosa di più complicato, sono perso. In ogni caso, grazie."

"Grazie *a te*. Una buona vodka può curare il mondo."

"È sufficiente?"

"In qualche caso. Quello che succede nel tuo letto può curare diversi altri problemi."

Alex sorrise.

"Alex, mi dispiace per stasera."

"Perché?"

"Non avrei dovuto schiaffeggiarla."

"La prima volta o la seconda?"

"Sono seria. Probabilmente mi denuncerà."

"Lascia che lo faccia. Tu hai me a coprirti le spalle."

"Non è questo che mi preoccupa. Ora siamo una coppia. Non voglio metterti in imbarazzo e sono abbastanza sicura di averlo fatto stasera."

"Difendendoti? Ma dai, Jennifer. Ti ha gettato il drink in faccia. Ci ha incastrati. Se lo meritava."

"Sembrava la scena di un film di serie B."

"Io lo guarderei ancora, quel film, ma ne cambierei una scena."

"Quale?"

"Quella in cui lei ti inonda di champagne. È stato un colpo basso."

"Almeno non era champagne di basso livello."

"Su questo siamo d'accordo. Solo il meglio per Peachy."

"Pensi che Dufort chiamerà?"

"Senza dubbio. Imposteremo una relazione tra Wenn e Streamed. Succederà. Ora, basta parlare per stasera. So che sei preoccupata per tutto quello che è successo, ma non ce n'è bisogno. Domani, sul *Post*, il mondo vedrà esattamente quello che provo per te. Questo mi rende felice."

"Certo che quello che mi hai dato era un bel bacio."

"Vedrai più tardi, dopo i martini."

Intrecciai il mio braccio al suo e mi spostai per stargli più vicina. Lui sembrò apprezzare e mi baciò delicatamente sulla guancia prima di baciarmi con maggior trasporto sulla bocca. In quel momento lo desideravo, ma sarebbe stata una cosa sensata? Il dottore gli aveva dato il 'Lasciapassare Speciale' ma Alex stava davvero bene? O aveva semplicemente chiesto che lo mandassero a casa per la serata? Non lo avrei mai saputo, così decisi di cambiare argomento.

"Toro è un bravo ragazzo," dissi.

"È un gentiluomo e un bestione. Uno dei migliori della mia squadra."

"Penso che gli piaccia Lisa."

Arcuò le sopracciglia e mi guardò. "Ha conosciuto Lisa?"

"Diciamo che Lisa non gli ha dato altre possibilità." Gli raccontai quello che lei aveva architettato e come si erano incontrati. "Sembra pronta per uscire di nuovo con qualcuno."

"Mi piace molto, Lisa."

"Sono contenta. È la migliore. Lo è sempre stata. Voglio vederla di nuovo felice. Basta zombie." Alzai la mano. "Lascia che riformuli, perché il suo nuovo libro è un best seller e io sono estremamente fiera di lei. Intendevo dire che per lei è ora di avere qualcosa di più dei suoi libri. Merita una relazione d'amore, una cosa che non ha realmente provato in passato. Avrei voluto che tu avessi assistito al suo incontro con Toro. Chimica istantanea. Si vedranno per un caffè."

"Questo mi rende felice. Lui desiderava sistemarsi da un po', ma è difficile conoscere gente in città. Il modo migliore è sempre tramite amici. Sono contento che li hai presentati."

"Come se avessi potuto scegliere. Dal momento che ha saputo che era un ex marine non c'è stato modo di fermare Lisa."

Nell'ingresso, dove avevo lasciato la borsetta su un tavolino, sentii il mio cellulare ronzare e poi emettere un tintinnio. Per un momento, restai di ghiaccio. Poteva essere Lisa, ma poteva essere anche un'altra minaccia.

"Non rispondere," disse Alex.

Sentii un nodo di paura stringermi tutta. "Non pensi che dovrei? Se è un'altra minaccia dobbiamo avvisare la tua squadra. Non possiamo ignorarla, Alex. Se c'è un pericolo la sicurezza deve saperlo."

Mi alzai. Alex mi seguì nell'ingresso. Con il cuore in gola, aprii la borsetta, notai la lettera che gli avevo scritto e presi il cellulare. Alex era alle mie spalle e guardava da sopra mentre lo accendevo. Era una email.

"Non riconosco il mittente."

"Lasciami guardare."

"La leggiamo insieme."

Ma non c'era niente da leggere all'interno della email. Questa volta, l'oggetto era stato lasciato vuoto. Vidi che c'era solo un allegato. Dentro di me sapevo che doveva essere una foto di me o di Alex. Attesi un momento per farmi forza per quello che mi aspettava e poi lo scaricai. Era una foto di Alex e me presa alla festa di quella sera. Era stata scattata mentre ce ne stavamo andando, dopo la litigata con Immacolata, ed eravamo ancora al secondo piano della villa. I nostri occhi erano coperti da una X e questo mi diede i brividi. In mezzo alla foto, sui nostri busti, c'erano scritte due parole: MORTO MORTA.

Gli passai il telefono, chiusi gli occhi, presi fiato e cercai di estraniarmi dalla situazione per poter pensare chiaramente. Non volevo reagire in modo esagerato come in passato. Se volevo stare con Alex, questo faceva parte del pacchetto. Ora lo sapevo. E non sarei riuscita a vivere senza di lui. Quindi, così era la vita per la quale stavo firmando.

E sia.

Quello che dovevamo fare in quel momento era evidente.

"Peachy ha invitato duecento persone," dissi. "Dobbiamo ottenere da lei quella lista stasera. Informa la tua squadra. Chiunque voglia vendicarsi di te, per qualunque motivo, era a quella festa. Saranno sulla lista. I tuoi devono scorrerla e capire se la Wenn ha avuto qualche interazione negativa con qualcuna di quelle persone."

"Potrebbero essere decine di persone."

"Decine è meglio di nessuna. Una volta che le guardie hanno i nomi, devono condividere la foto e la lista con l'FBI. Fammi vedere il telefono."

Me lo porse. Io non guardai noi, ma quello che c'era intorno. "Quando è stata scattata, eravamo proprio in mezzo alla stanza e la stavamo attraversando." Allargai le dita sullo schermo in modo da ingrandire la foto e cercare altre tracce, ma lo schermo era troppo piccolo.

"Dov'è il tuo computer?"

"In ufficio."

"La inoltro alla tua email così possiamo vederla meglio. Ok?"

"Va bene."

Così facemmo. L'ufficio di Alex era ampio e moderno, con muri grigio ardesia, pezzi d'arte d'avanguardia colorati e pavimento di bambù. Un imponente tavolo di vetro fronteggiava una parete di finestre che davano su Manhattan; la città scintillava oltre i vetri, sottolineando la mostruosità della nostra situazione. A New York vivevano milioni di persone e uno, o più di uno, aveva un motivo per volerci morti.

Sulla scrivania c'era uno degli ultimi modelli di iMac, quello con lo schermo più largo, perfetto per le nostre necessità. Alex aprì la posta e scaricò la foto. Avvicinai una sedia e così riuscimmo a vedere molti più particolari rispetto al mio cellulare. A causa dell'illuminazione ambrata scelta da Peachy, la foto era un po' sgranata, ma si riuscivano a distinguere bene i volti tra la folla.

Uno mi colpì all'istante: Gordon Kobus, la cui linea aerea stava per essere acquisita dalla Wenn con quella che Alex aveva definito come una 'terribile battaglia'. Nella foto, Kobus era in piedi proprio alla destra della mia spalla, parlava con un gruppo di persone ma il suo sguardo puntava direttamente verso di noi che lasciavamo la sala. Lo indicai.

"Kobus," dissi.

"È lui."

"Non sembra particolarmente coinvolto nella conversazione."

"No, infatti."

"Potrebbe essere lui?"

"Non mi meraviglierebbe. Ho già fatto il suo nome all'FBI e alla mia squadra. Se io non ci fossi più, lui potrebbe pensare che la Wenn rinuncerebbe alla sua linea aerea. Ma non è così. Il Consiglio rileverebbe la Kobus Airlines con o senza di me. Riconoscono una buona opportunità quando la vedono."

"Sarebbe capace di mandare qualcuno ad ucciderti? Ad ucciderci?"

Alex mi mise un braccio intorno alle spalle e mi tirò vicino a sé. "Kobus è un figlio di puttana. Posso vederlo fare una cosa del genere. Ma c'è lui dietro alle email e alla sparatoria? Non lo so. Stanno indagando su di lui. Sfortunatamente è solo uno tra i tanti, Jennifer. Potrebbe essere chiunque."

"E Immacolata?"

"Lei non penso, nonostante tutte le scenate che ha messo in piedi dal primo momento che ti ho assunta. Detto questo, non sono uno sciocco. Di sicuro è fuori di testa: c'è qualcosa di strano in quella donna che mi fa pensare che sia psicotica; quindi il suo nome va sulla lista. Dopo tutto lei *era* lì stasera. E guarda com'è finita la serata. Comunque, una parte di me ne dubita. È un istinto di pancia. Non credo che arriverebbe a tanto."

"Questo chi è?" Indicai un uomo giovane che era all'estremità destra della fotografia. Era proprio dietro di me e quindi il suo volto era a fuoco. Non stava guardando proprio noi, ma piuttosto il fotografo. La sua bocca aveva una piega cupa. Sembrava teso.

"Non ne ho idea."

"È un vassoio quello che ha in mano?"

"Sembrerebbe così. È una curva argentata, ma sopra non ci sono bicchieri."

"Magari li aveva finiti. Forse è un cameriere."

"O lo è o fa finta di esserlo."

"Con tutta quella gente dovrebbe darsi da fare, ma invece no. Sta semplicemente lì in piedi. È evidente che non si sta muovendo. E guarda l'espressione sul suo volto."

"È piuttosto intensa."

"E guarda gli altri camerieri intorno a lui."

"Sono sfocati."

"Quindi qualcosa di noi lo ha fatto fermare?"

"Potrebbero essere diverse cose. Il tuo vestito. Il tuo sguardo. Potrebbe avermi riconosciuto. Potrebbe aver notato che ci hanno scattato delle foto e si è chiesto chi fossimo. La cosa positiva è che abbiamo una buona inquadratura della sua faccia. La faremo esaminare e vediamo se salta fuori qualcosa."

"Vedi qualcos'altro?"

"Vedo una stanza piena di gente a cui ho fatto un torto, Jennifer. Quindi, hai ragione. Dobbiamo avere la lista degli ospiti di Peachy e scoprire chi c'era esattamente stasera. Poi, vediamo se tra quelli c'è qualcun altro oltre a Kobus che la Wenn sta contrastando ora, o ha battuto recentemente o nel passato."

CAPITOLO DODICI

Quando lasciammo l'ufficio, Alex mi chiese se volevo un altro martini.

"Penso che un altro martini per ognuno sia il minimo a questo punto," dissi. "Grazie per aver inviato tutto alla tua squadra e ai tuoi contatti all'FBI. Te ne sono grata."

Entrò in cucina. "Non sto cazzeggiando riguardo a questa cosa, Jennifer."

"Lo so."

"Tu sei il mio primo pensiero."

"Noi due dovremmo essere il tuo primo pensiero. Cosa faccio io senza di te? Che scopo c'è in tutto questo senza di te? Dimmi!"

Alex non rispose. Lo udii, invece, raccogliere il ghiaccio, versare liquidi e shakerarli in modo più aggressivo del solito. Sapevo dove correva la sua mente. Come me, si chiedeva chi ci aveva presi di mira. Era un gioco per loro? Avrebbero potuto facilmente ucciderci qualche sera prima, ma non lo avevano fatto. Avevano intenzione di farlo presto? A me sembrava di sì.

Alex tornò in soggiorno con due martini freschi. Mi porse un bicchiere e appoggiò il suo sul tavolino, prima di buttarsi di peso sul divano. Sembrava stanco e preoccupato. Sapevo che si stava dando da fare per farla finita ma cosa sarebbe successo se lui e la sua squadra non ci fossero riusciti? La risposta era semplice. Avremmo vissuto la nostra vita sul filo del rasoio. Desideravo morire per lui? Per quanto possa sembrare assurdo, sì. Lui per me era importante fino a quel punto. E sapevo che per lui era lo stesso nei miei confronti.

"Ti ho scritto una lettera," dissi. "Questo pomeriggio. Poco prima che andassimo all'evento di Peachy e tutto andasse al diavolo."

Si girò verso di me, sorpreso. "Mi hai scritto una lettera?"

"Era una risposta alla lettera che tu hai scritto a me." Sentii le farfalle nello stomaco quando gli dissi: "Vorresti leggerla? O vorresti che te la leggessi io?"

Alex restò in silenzio per un attimo, poi disse: "Se non ti dispiace, preferirei che me la leggessi tu."

Mi alzai dal divano, presi la lettera dalla borsetta e mi sedetti di nuovo in modo da essere di fronte a lui prima di cominciare a leggere. Il cuore mi batteva forte nel petto. La lettera era stata scritta di getto, ma veniva dal cuore e dalla pancia. Era rozza ma piena di vera emozione. Ci avevo messo dentro tutto quello che provavo per lui. "Ti dispiace voltarti verso di me?" Chiesi. "Mi piacerebbe vederti e cogliere le tue emozioni mentre la leggo."

Alex si girò e si mise di fronte a me.

"Questo è quello che provo per te e che sento per noi. Tu nella tua lettera mi hai scritto che la gente non scrive più lettere d'amore, ma pensavi che fossero importanti. Mi hai detto che pensavi che le lettere d'amore fossero romantiche e che potessero definire una relazione. E elevarla. Questo è quello che ha ottenuto la tua lettera nei miei confronti. Io non ne ho mai scritta una prima, ovviamente, ma è sincera. È tutto qui." Presi fiato. "Quindi, leggerò."

Lui si appoggiò all'indietro sul bracciolo del divano senza dire niente. Rimase a guardarmi intensamente. Io spiegai la lettera, sentendomi elettrizzata, spaventata, eccitata e nervosa tutto insieme. Non ero una scrittrice, lo sapevo. Ma ormai questa l'ho letta due volte. E in ultimo, so che pensavo ogni parola.

"Caro Alex," cominciai. "Come stai per scoprire, non sono Steinbeck, che tu hai citato nella bella lettera che mi hai scritto. Lui riusciva a fare con le parole cose che a me non riusciranno mai. Ma queste sono parole mie e vengono dal cuore."

"Dal primo giorno che ti ho visto, quando quell'uomo sulla Fifth Avenue mi ha quasi buttata a terra, sono stata colpita da te. Quel giorno, ci eravamo visti alla Wenn in ascensore. Chi avrebbe detto che l'uomo che stava vicino a me e mi ha chiesto se andava tutto bene sarebbe diventato il mio primo, e speriamo ultimo, grande amore? E che lui si potesse innamorare di me? Guardo indietro a queste settimane trascorse insieme con un misto di euforia e vergogna. Ma ora, mentre ti scrivo, mi guardo indietro anche con un sentimento di amore profondo per te. Con l'eccezione di Lisa, e forse della Blackwell, penso che solo tu, tra tutti, sappia quanto mi costa dire queste parole, affrontare le mie paure e ammettere che sono innamorata di te. Non l'ho mai detto a nessun altro perché queste parole per me sono molto importanti. Sono preziose. Le ho tenute per me e le ho conservate per la persona giusta, l'unica, per motivi che già sai. Ma ora finalmente posso dirle sentendole mie. Sono profondamente innamorata di te. Non hai idea di quanto ti amo. Probabilmente non l'avrai mai. Ma io spero di dimostrartelo con il mio amore e le mie azioni."

Avrei voluto alzare lo sguardo verso di lui, ma non ci riuscii. Mi sentivo troppo esposta e vulnerabile per guardarlo ora, così continuai a leggere.

"Penso di doverti delle scuse per tutti i muri che ho costruito e per certi miei comportamenti, tutti causati dalla radice marcia del mio passato. Così, ti chiedo di accettare le mie scuse. Per tutta la vita ho resistito all'amore. Per tutta la vita mi sono sentita non meritevole di amore perché questo era quello che mi era stato ripetuto. E stupidamente me ne ero convinta, quando era l'ultima cosa cui avrei dovuto credere. Tu sai dei miei problemi di fiducia, ma mi sei rimasto vicino e hai aspettato che li vincessi perché hai visto qualcosa in me. Cosa, Alex, non lo saprò mai, per me è un mistero. Ma tu sei stato paziente con me perché, per chissà quale motivo, mi ami: io posso sentire il tuo amore. Posso coglierlo nel modo in cui mi guardi, mi tocchi, mi baci e fai l'amore con me. E te ne sono grata. Sono la ragazza più fortunata del mondo.

"Sono felice di far parte della tua vita e voglio essere una buona compagna. Qualunque cosa ci accada ora, la affronteremo insieme.

Voglio che tu lo sappia. Qualche volta non sarò perfetta e ci sono volte in cui sono spaventata da quello che sta succedendo, ma voglio che tu sappia che sono con te e al tuo fianco e che lo supereremo insieme. E se troveremo un altro ostacolo, supereremo anche quello. E quello ancora dopo, se ci dovesse essere.

"Ti amo con tutto il mio cuore, Alex. Sei il mio primo pensiero, se il mio pensiero di mezzo e l'ultimo. Ti amo così tanto. Grazie per essere il meraviglioso ragazzo che sei. Grazie per essere uscito ad aiutarmi a raccogliere i miei curriculum portati via dal vento quel giorno e soprattutto grazie per essere andato dalla Blackwell a chiederle chi ero. Se non l'avessi fatto, io non avrei conosciuto l'amore. Ma ora lo so. Ti amo. Jennifer. P.S. Non toglierti mai quell'accenno di barba, ok? Non lo sopporterei."

Non riuscivo ancora a guardarlo. Questo era l'unico grande rischio emotivo che avevo corso nella mia vita, di molto superiore al fegato che mi ci era voluto per trasferirmi a New York. Lasciare il Maine e venire qui non era niente al confronto del mettere a nudo il mio cuore e dire la verità sui miei sentimenti per Alex. Ripiegai la lettera in tre parti e cercai di calmarmi. Poi la sua mano si allungò a coprire la mia.

"Vuoi sapere cosa vedo in te?" Chiese.

Riuscii alla fine a guardarlo e fui sorpresa di notare che i suoi occhi erano colmi di emozione e che la sua espressione era seria.

"Posso prima bere un sorso di martini?"

"Puoi, ma non sei obbligata a buttarla sul ridere per allontanare un momento che potrebbe crearti tensione, Jennifer. So che è nella tua natura reagire così, va bene. L'ho capito. Ma non ne hai bisogno. Quello che hai scritto era bellissimo. Non lo dimenticherò mai. Lo terrò in gran conto. Anch'io sono felice e fortunato, perché quello che vedo in te è qualcuno con cui vorrei trascorrere il resto della mia vita. Un mio pari. Sei mia amica, la mia meravigliosa partner, la mia fantastica amante. Non avrei mai pensato di passarci di nuovo, ma sono qui. Anch'io non mi fido facilmente per problemi che conosci. Ma ho ricevuto una volta il dono dell'amore e l'ho riconosciuto di nuovo in te. Ci sono voluti quattro anni. Dato che ho già conosciuto l'amore, per me è stato più facile che per te. Quello che vedo in te è una donna brillante, sexy, amorevole, gentile, che non ha paura di dire quello che pensa. Sei come un fuoco d'artificio: colorato, luminoso e qualche volta esplosivo."

"Qualche volta anche troppo esplosivo."

"È quello che sei. Io preferisco stare con qualcuno che esprime apertamente i suoi sentimenti piuttosto che con una donna che freme in silenzio, come faceva mia madre. Sai cosa le è costato?"

Lo sapevo. La Blackwell me l'aveva detto, ma rimasi in silenzio nel caso non avesse dovuto farlo. Non l'avrei tradita. Alla fine sarebbe stato lui stesso a raccontarmi tutto. Lo lasciai fare.

"Le è costato la vita. Mio padre le ha sparato e poi si è sparato. Per questo sono morti giovani. Forse lo sapevi già. Magari te l'ha detto qualcuno o hai cercato su Google. Non che mi importi perché per il mondo non è certo un segreto. È una storia conosciuta quanto la Wenn. Ma io ho imparato molto dalla relazione dei miei genitori. Ho imparato che quello che hanno vissuto non dovrebbe essere sopportato da nessuno. Si odiavano, te l'ho detto. E comunque sono rimasti insieme tutti quegli anni per i soldi. Alla fine, hanno vinto i soldi. Quelli e un paio di pallottole. Pensaci. Sono morti per i soldi. Dei semplici pezzi di carta. Non è patetico e irrazionale?"

"Alex..." Dissi.

"Non c'è niente da dire. Hai già detto più di quello che speravo. Posso tenere la lettera?"

"Certo. L'ho scritta per te." Gliela porsi.

"Ora voglio fare l'amore con te. Fare davvero l'amore."

"Solo se posso restituirti il favore."

Lui sorrise. "Sempre alla pari," disse.

"Cercherò di non deluderti, soprattutto stasera. Perché il mio corpo ha parecchie cose da dirti. E probabilmente saranno impegnative."

Detto quello, ci spostammo nella sua camera da letto. Se pensavo che avessimo fatto l'amore prima, mi sbagliavo. Prima, avevamo esplorato i nostri rispettivi corpi. Quello che facemmo quella sera era così colmo di emozione pura da definire l'atto di fare l'amore. Ne evidenziò il significato. Ci furono momenti in cui gridai e momenti in cui sentii lui gridare. Ci guidammo reciprocamente in posti nuovi e inesplorati. Ci concedemmo completamente uno all'altra. E alla fine, mi sentii legata a lui in modi in cui non mi sentivo legata a nessun altro essere umano. Sembra un cliché, ma era così.

Quando arrivò il mattino, mentre giacevo tra le braccia di Alex e sentivo il suo respiro sulla nuca, mi venne un pensiero: la notte precedente, dicendogli che era il mio primo amore e poi facendo davvero l'amore con lui, avevo perso la verginità per la seconda volta.

CAPITOLO TREDICI

I giorni successivi trascorsero in fretta.

Alex e io tornammo al lavoro. Io ebbi il mio ufficio privato e capii il motivo dell'attesa: con mia sorpresa, era accanto al suo, al quarantasettesimo piano. A mia insaputa, aveva portato gli operai che avevano costruito uno spazio mozzafiato apposta per me. A differenza del resto di quel piano, che era un open space illuminato da luce calda e arredato nei toni maschili del marrone, il mio ufficio era luminoso e chiaro, moderno ed elegante.

Nell'entrare, immaginai che la Blackwell ci avesse messo mano e avevo ragione. Sul ripiano della scrivania di vetro c'era un vaso di fiori e un biglietto: "Spero che ti piaccia. Dopo tutto, ho dovuto darmi un bel po' da fare. Con calore e affetto, Barbara."

Sollevai subito il telefono e la chiamai.

"Jennifer," disse. "Che bello. Chiami dal tuo nuovo ufficio. Spero che sia di tuo gusto."

"Lo sai che è così. Quando mai hai fatto qualcosa di sbagliato?"

"Beh, potremmo cominciare dal mio ultimo matrimonio, ma perché poi? Il solo ricordo che ho è una fastidiosa prigione di sventura. Per me lui è morto."

"Puoi scendere e goderti con me il nuovo ufficio?"

"Ho preso di mira qualcuno, devo rimandare. C'è un certo giovanotto che ha bisogno di una lavata di capo..."

"Oh, dai."

"Dammi cinque minuti."

Quando arrivò, elegantissima in un raffinato Chanel blu navy, la salutai con un bacio su ogni guancia. Quando ci allontanammo, mi guardò un po' come se fossi impazzita, ma poi mi diede un veloce, piccolo e imbarazzato abbraccio.

"Beh, è stato uno scherzo dell'inferno," disse.

"No, non lo è stato e tu lo sai."

"Qualcosa ha toccato la mia guancia. Dimmi che non era il tuo rossetto."

"Era solo la mia guancia. Lo so bene."

"Certo che lo sai." Mi valutò. "È bello vedere che stai bene. L'ultima volta che ci siamo incontrate era completamente diverso."

"Ero piuttosto un relitto."

"Per un buon motivo."

"Ma le cose sono cambiate."

"Eh, sì, ho sentito."

"Hai sentito?"

"Jennifer, lui mi racconta tutte le cose importanti. Te l'ho detto, lo conosco da quando era un bambino. Per lui sono come una zia. Non mi ha raccontato i dettagli, ma mi ha detto che gli hai scritto una lettera bellissima."

"Sentivo davvero quello che ho scritto."

"So che è così."

"Sono innamorata di lui."

"So anche questo. E per tutte le ragioni giuste. Come ci si sente?"

"Senza parole."

Sembrò nostalgica. "Mi ricordo di quei giorni. Quando ti colpisce, sei fortunata se non vai a sbattere contro i muri. Cavoli, sei fortunata se riesci a portare a termine qualche lavoro. È una grande gioia. E spero che duri, Jennifer. Davvero. Ora sono seria con te."

"Grazie." Le poggiai la mano sul gomito. "E grazie per aver parlato con me quel giorno, alla caffetteria."

"Avevi bisogno di un bel discorsetto. E fare discorsetti alle persone è la cosa che mi riesce meglio. Stavo per farne uno a quel giovanotto un momento fa, ma mi hai trascinata qui giù e l'ho risparmiato. Per ora."

"Non andarci troppo pesante."

"Vedremo."

"Mi sei mancata, lo sai?"

"Nessuno sente la mia mancanza."

"*A me* sei mancata."

"Beh, sei un'anomalia. Ma Dio sa che lo sei stata fin dall'inizio. Perché cambiare ora?" Mi sorrise in modo beffardo. "Io non faccio chiacchiere da ragazzine, mai, ma devo dire, Jennifer, che sono felice che tutto vada bene tra te e Alex. Sono davvero contenta. Sono molto favorevole al rapporto che sta nascendo tra voi. E ne sono orgogliosa. Dopo quello che voi due avete passato qualche sera fa e quella ridicola sparatoria, so quanto ti è costato essere così schietta in quella lettera. Ti ammiro. Ma questa è la fine dei complimenti. Soprattutto dopo quella foto piccante che hanno pubblicato sul *Post*. Dio!"

"Almeno hanno utilizzato uno degli scatti che ha suggerito Alex."

"Almeno!"

Io risi.

"Perché ridi di me tutto il tempo?"

"Perché sei divertente. E anche perché penso a te con 'calore e affetto'."

"Sembra che dovrò pentirmi per sempre di quello che ho scritto."

"Resterà tra noi."

"La considero una promessa."

Si girò verso una delle quattro poltrone bianche eleganti nel centro della stanza, sistemate intorno a un tavolino di vetro sul quale spiccava un ricco mazzo di peonie rosse in un alto vaso di cristallo. Era difficile trovare quel tipo di fiore in quella stagione dell'anno, ma la Blackwell sapeva di certo dove trovarli.

"Hai almeno avuto l'occasione di provare le tue nuove poltrone?" Chiese. "E il divano? E hai notato le opere d'arte sui muri?"

"No. Ti ho voluta chiamare subito appena entrata. Sapevo che dietro c'eri tu anche prima di vedere i fiori e il biglietto. Volevo guardare tutto con te."

"Allora facciamo la prova. Sediamoci un momento a parlare. Recuperiamo."

"Desideri qualcosa da bere? Tè? Acqua?"

"Ho ridotto al minimo i liquidi, quindi sono a posto. Grazie."

"Sei troppo magra."

"Sono i clisteri di espresso, che sono fantastici, tra l'altro. Potresti correre intorno a Central Park in un quarto d'ora dopo averne fatto uno."

"L'hai fatto?"

"Ci ho pensato."

"Ma non l'hai fatto?"

"Confesso di no."

"È un po' come confessare un fallimento."

Agitò una mano davanti al volto. "Diciamo di sì."

Risi e scossi la testa. "Hai bisogno di bere qualcosa."

"Più tardi. Fa tutto parte del mio programma. Magra, magra. Ghiaccio, ghiaccio. Vieni, vieni. Siedi, siedi. Mi è dispiaciuto non poter essere qui l'altra sera per vederti in quella creazione rossa che ho comprato per te, ma Bernie mi ha chiamata per dire che eri oltre oltre oltre. Del resto sapevo che sarebbe stato così. Che disavventura che quella tremenda arpia ti abbia gettato lo champagne in faccia, hai fatto bene a sistemarla con un paio di ceffoni."

"Nessuno mette Baby in un angolo."

"Non so cosa significa."

"È la citazione da un film."

"Quale film?"

"*Dirty Dancing*."

"È un film pornografico?"

"No, è un filmetto dolce e romantico. Un gran successo. Lo sai. Lo hanno amato tutti."

"Io non lo conosco. Baby in un angolo... mi sembra ridicolo. Comunque. Non mi è mai piaciuta quella Immacolata. Prima di tutto, che diavolo di nome ha? Immacolata. Mi sembra volgare. Mi dà l'idea di una che dovrebbe pulire i gabinetti. So che può sembrare razzista, e forse lo è, e per questo chiederò subito scusa perché non intendevo in quel senso. È solo perché un po' di anni fa un'amica aveva una cuoca di nome Immacolata e lei con me era sgarbatissima. Non so perché, ma non le sono mai piaciuta. Pensa un po'! Una volta mi ha servito un piatto di uova liquide, quasi crude, che avrebbero potuto farmi morire di salmonella. Era un piatto di sbobba piena di batteri. Il suo nome mi è rimasto impresso per tutti questi anni." Alzò gli occhi al cielo. "Ma non pensiamo a lei. Ti ha fatta sentire bene schiaffeggiare la tua Immacolata?"

Incrociai le gambe. "Non sai quanto."

"Ti ha dato un bel po' di tormento."

"Sì."

"È stata dietro ad Alex dalla morte di Diana. Una donna orribile. Una vera opportunista. A differenza di te, tutto quello che vede in Alex sono i soldi e la posizione, non l'uomo. Non Alex. Ma, del resto, sono molti quelli che non lo vedono e pensano solo a cosa potrebbe fare per loro."

"Miss Blackwell..."

"Potresti *per favore* lasciar perdere? Chiamami Barbara. Te l'ho già chiesto diverse volte."

"Mi sembra innaturale."

"Beh, è così. Ma non lo sembrerà più dopo un po'. Quindi, Barbara."

"Barbara." Mi ripresi. "*È* difficile da dire."

"Non ci pensare."

"Non l'ho chiesto ad Alex perché non voglio dargli preoccupazioni, ma hai saputo se ci sono novità nelle indagini su quello che è successo?

"Ora ti darò un consiglio, Jennifer. Non parlare a me di queste cose. Parlane con Alex. È perfettamente in grado di risponderti. Voi due ora siete una coppia. Non puoi venire da me con queste domande: devi fidarti di lui. Non mi fa piacere dirlo, ma anche la tua vita è a rischio, quindi, devi comunicare con lui. Chiedigli a che punto sono le indagini. Comportati come chi fa parte di una coppia. Questa vicenda riguarda entrambi. Se hai una domanda, falla a lui. Se io so qualcosa? No. Ma questo non vuol dire che non sappia qualcosa lui: prova a chiederglielo. E, dopo tutto, perché hai timore di chiederglielo?"

"Perché ha un sacco di cose cui pensare in questo momento."

"Mia cara, ti posso garantire che tu sei la prima cosa che ha in mente. Se sapesse qualcosa, te lo direbbe. Conosco Alex."

"Va bene. Penso sia meglio aspettare."

"Mi sembra una buona idea. So che ti dirà qualunque cosa verrà a sapere. Alex è un bravo ragazzo. Lo è sempre stato, anche se mi ha vomitato addosso dopo aver mangiato troppo budino quando aveva quattro anni. Lui sa che sei coinvolta anche tu e che ci pensi. Se ci sono novità, sarai tra i primi a saperlo. Lo saprai anche prima di me, Buon Dio. Perciò, cambiamo argomento. A che punto siete con Dufort e Streamed?"

"Firmato ieri pomeriggio."

"Buon per te. È opera tua. *Brava*. E ora?"

"Stasera Alex e io abbiamo in programma di divertirci. Saremo a cena con Lisa e Toro."

"Lisa e Toro?"

"Sì, si sono incontrati l'altro giorno. Chimica istantanea."

"Mi era piaciuta la tua amica quando l'ho incontrata. Molto carina e chic. Mi piacerebbe vestirla. E adoro assolutamente Toro. È un uomo buono. È un buon partito."

"Anche Lisa."

"Quindi preparate la strada. Servite da bere e lasciate che la storia abbia inizio. Dove andrete a cena?"

"Al db Bistro."

"Il tuo vecchio posto."

"Mi è sempre piaciuto. Mi hanno supportata in un momento difficile. Non vedo l'ora di salutarli tutti di nuovo."

La Blackwell si alzò e si lisciò la gonna. "Allora, divertitevi. Questo è quello che ho imparato nella mia vita, Jennifer. È troppo dannatamente corta. Tu e Alex lavorate tanto. Trovate il tempo di divertirvi. Dedicate una sera a voi stessi una volta alla settimana. Non voglio sapere come passate il tempo ma non deve essere lavoro. Non ripetete gli errori che ho fatto io."

"Quali errori?"

"Da dove posso cominciare? Guarda che te lo dico solo perché mi sto affezionando a te e non voglio che la tua vita ricalchi gli stessi sbagli della mia. Ok?"

Quando la Blackwell diventava seria con me, sapevo che sarei stata sciocca a non ascoltarla. Per quanto le piacesse fare un po' di scena, era una delle donne più brillanti e più perspicaci che conoscevo. "Va bene."

"Sotto troppi aspetti, mi pento di come ho trascorso la mia vita. Quando mi guardo indietro vedo tutto il lavoro, le nottate, le alzatacce e tutti i risultati. Ma che altro resta? Alla mia età, dovrei avere molti amici, ma ne ho solo alcuni. Ho appena divorziato. Non ho viaggiato per il mondo nel modo in cui mi ero ripromessa quando ero giovane. Non ho fatto snorkeling, che è una delle cose che ho giurato a me stessa di fare prima di morire. Non sono mai stata a Parigi, Jennifer. Sì, questa è una cosa che sorprende anche me. Proprio io, tra tutti, non sono mai stata a Parigi. E la lista è ancora lunga. La mia vita è stata solo lavoro. Tanto che conosco questo edificio meglio di quanto conosco la mia famiglia. E per quanto io ami il mio lavoro, ti posso dire che dedicarci tutta la vita non ne è valsa la pena. L'unica cosa che mi salva sono le mie due figlie, ma ora sono adulte e lontane da casa, all'università, tutte e due sulla West Coast, e le vedo solo in estate e durante le vacanze. Ci parliamo di rado perché non siamo molto intime. E come potremmo? Ho sempre messo prima la carriera."

"Potresti cambiare le cose."

"In molti sensi, penso che sia troppo tardi."

"Non è troppo tardi. Sei ancora giovane."

"Giovane? Ho cinquantacinque anni, Jennifer. Cinquantacinque. Non ho perso la speranza di trovare un altro uomo, ma i pronostici sono contro di me. Per quanto riguarda le ragazze, forse lì c'è qualcosa che si può salvare, ma questo vorrebbe dire passare del tempo lontano dalla Wenn. Significherebbe un cambiamento di vita. Ne varrebbe la pena? Oh, certo che sì, loro sono tutto quello che ho. Ho talmente tanto da recuperare con loro che potrebbero volerci anni. Ma ho bisogno di farlo e così lo farò. Ho bisogno di essere la madre che non hanno avuto quando stavano crescendo. A un certo punto, tra non molto, comincerò ad allontanarmi dalla Wenn e a concentrarmi sulle cose importanti: le mie figlie e la mia felicità. Quindi," disse, "se tu fossi mia figlia, ti darei questo consiglio: vivi la tua vita. Goditi la carriera. Ama Alex. Trova un equilibrio. Cerca di voler bene a te stessa abbastanza da capire che sono tutte cose importanti, non solo una. Non ripetere gli errori che ho commesso io."

"Ti voglio bene, Miss Blackwell."

La sua espressione restò pietrificata per la sorpresa per un attimo, prima di tornare rapidamente a essere la solita Blackwell che conoscevo. "Prima ami Alex, ora vuoi bene a me. Sei diventata una hippy? Sai che non sopporto di sentire certe parole. Se ti vedo una margherita tra i capelli giuro su Dio che te la strappo via."

"Sono sincera. E non ho paura di ripeterlo. Hai fatto così tanto per me. Quando ho avuto davvero bisogno di te, sei riuscita ad arrivare ogni volta. Hai fatto cadere il velo e mi hai detto la verità che avevo bisogno di sentirmi dire. Spero solo di riuscire un giorno a fare lo stesso per te."

"Ecco cosa puoi fare per me, Jennifer. Non farti mettere incinta prima di sposarlo, ok? Dato che probabilmente mi chiederai di vestirti per quell'occasione, questo è quello che puoi fare per me. Ti ho fatta entrare in troppi vestiti per contarli. Hai la minima idea di quanto impegno ci voglia per ficcare quel tuo didietro in abiti di alta moda? Non si può pretendere che sistemi pure un pancione. Non potrei farlo e non sarebbe carino se tu mi facessi un torto simile."

"Vorrei che tu mi prendessi più seriamente."

La sua espressione cambiò in qualcosa di meno superficiale e allegro. "Un attimo fa sono stata molto seria con te. E prendo molto sul serio quello che hai detto. Abbiamo tutti le nostre maschere, Jennifer. Le indossiamo ogni giorno per proteggerci dal mondo, dagli amici, dalle emozioni, da possibili delusioni. Tu la tua la indossi molto bene."

Non potevo negarlo. Fece per andarsene.

"Prima che tu vada, voglio che tu sappia una cosa," dissi.

Si fermò sulla porta e si girò verso di me. "Cosa?"

"Io ti prendo come modello, come avrei voluto poter prendere a modello mia madre. Ma lei non è mai stata una vera madre per me. Non ho mai avuto una madre finché tu non sei entrata nella mia vita."

"Sono stata tremenda con te quando sei arrivata per la prima volta nella mia vita."

"Sei stata scortese, non tremenda. Potrei dirti cosa sia davvero tremendo, ci ho vissuto una vita, e tu non sei mai stata così. Quindi, grazie. Fai un favore a te stessa e cerca di prenderti un paio di settimane di ferie. Vai a trovare le tue ragazze e stai con loro. Mostra loro la persona che hai mostrato a me. Oggi mi hai dato dei grandi consigli. E tanti altri me ne hai dati nei giorni passati. Quindi, ben accetto o no, questo è il mio consiglio a te. Vai e sii la madre meravigliosa che sai di poter essere per le tue ragazze. Da parte di qualcuno che non ha mai avuto una vera madre quando stava crescendo, posso assicurarti che loro muoiono dalla voglia di averne una e che *non* è troppo tardi. In effetti, mentre loro sono al college, quando l'intero mondo sembra vada a gambe all'aria e tutto sia contro di loro, potresti arrivare proprio al momento giusto."

CAPITOLO QUATTORDICI

Più tardi quella sera, Lisa e io stavamo chiacchierando mentre ci preparavamo per la cena con Alex e Toro.

"Sono super gasata," disse Lisa sfrecciando per l'appartamento facendo qualunque cosa fosse quello che stava facendo. Io ero seduta in salotto e la guardavo. Avevo già fatto la doccia, tirato i capelli in un ordinato chignon e mi ero truccata, ma non ero ancora vestita per la serata. Avevo addosso solo una semplice vestaglia di seta, regalo di Alex. Lisa aveva fatto la doccia, ma aveva ancora i capelli bagnati. Non aveva trucco e indossava un accappatoio di cotone bianco. Io mi rilassavo su uno dei divani che guardavano sulla città, con tutti i suoi segreti racchiusi in una matrice di luci. Sorseggiavo un martini e pensavo a quanto ero fortunata ad avere una vista del genere.

"Cosa dovrei mettermi?" Chiese Lisa.

"Un vestito carino?"

"Cosa pensi che piacerebbe a Toro?"

"Qualcosa di femminile. Con le tette dentro, non fuori. Mi sembra un gentiluomo e ho la sensazione che apprezzi la modestia. Quindi, carina e sexy, ma un po' sottotono. In ogni caso è la tua personalità quella che lo accalappierà."

"Tu cosa ti metti? Che colore?"

"Indosserò un vestitino nero."

"Vestitino come?"

"Appena sopra al ginocchio."

"Con che scarpe?"

"Le Louboutin."

"Quali?"

"Quelle nere."

"Posso prendere in prestito quelle rosse?"

"Prendi quello che vuoi."

"Ti adoro più di una buona vodka."

"E io più delle olive affogate in una buona vodka."

Mi volò accanto con il martini in mano, diretta nella mia camera. Ne riemerse con le scarpe rosse, me le fece dondolare davanti con un sogghigno soddisfatto e sparì nella sua stanza. Qualche momento dopo, uscì con un vestito rosso, in tono con le scarpe. Il vestito aveva una scollatura di buon gusto, che lasciava intravedere quello che bastava per creare un po' di mistero. Non so che reggiseno avesse, ma il seno era alto e sodo. Il vestito le arrivava al ginocchio, in modo da comunicare a Toro che non era una donnaccia. Era vestita a modo, per un primo appuntamento.

Ero orgogliosa del fatto che si fosse rimessa in gioco. Lisa aveva avuto solo due relazioni nella sua vita: i suoi due precedenti ragazzi a lungo termine. Lei aveva dato il suo cuore a ognuno di loro ma, per qualche motivo, entrambi lo avevano fatto a pezzettini e glielo avevano lanciato indietro. E ora, dopo un paio d'anni in cui era rimasta sola, era pronta a correre il rischio e rimettersi di nuovo in gioco. Nonostante quello che aveva passato, Lisa pensava ancora che là fuori ci fosse un uomo buono adatto a lei. L'ammiravo per questo. Ma, in effetti, ero portata ad ammirare Lisa per qualunque cosa facesse nella sua vita.

Quando ebbe finito di asciugarsi i capelli e di mettersi un filo di trucco sugli occhi, uscì dal bagno e si mise di fronte a me. "Allora?"

"Stai bene."

"Puntavo ad essere sexy."

"Sei anche sexy, in un modo che penso Toro apprezzerà. Non sexy da sgualdrina, un sexy naturale."

"Direi quasi sexy da zombie."

"Non so nemmeno cosa sia."

"Toro sì. Anche Toro è appassionato di non morti." Mi fece una smorfia. "Devo chiamarlo Toro?"

"Non ti ricordi? Quando gli hai presentato le tue tette la prima volta, ti ha chiesto di chiamarlo Mitch."

"Non gli ho presentato le mie tette."

"Non indossavi il reggiseno e l'aria condizionata era al massimo quando siamo uscite dall'appartamento. Diciamo semplicemente che sembrava che fossi appena uscita da un frigorifero. Tu e io sappiamo che gli hai presentato te stessa e le tue tette."

"Lascia perdere. E sia Mitch. Dovresti vestirti. Abbiamo quindici minuti prima che lui e Alex arrivino."

"Un suggerimento," dissi alzandomi.

"Cosa?"

"Bernie mi ha insegnato tutto. E anche la Blackwell. Questo è un primo appuntamento, ma in un ristorante di classe, formale. Io metterei un po' più di trucco. Non molto, ma a sufficienza perché i tuoi occhi blu risaltino. E forse un minimo di colore sulle labbra. Qualcosa che si intoni al vestito e alle scarpe. Solo per completare il tutto. Non esagerare."

"Capito. Ora vestiti."

Mi vestii.

NELL'ATRIO, ALEX E Toro ci stavano aspettando. Insieme a loro altri quattro uomini, più lontani e vicino all'uscita. La sicurezza. Feci un respiro e decisi di accettare la cosa. Che altre possibilità avevo? Alex era la mia vita, così questa sarebbe stata anche la mia vita. Punto.

"Dio, che stallone," disse Lisa trattenendo il fiato quando uscì dall'ascensore. "Guardalo. Chi ha un fisico così?"

"Lui."

"Voglio assolutamente sopravvivere all'apocalisse degli zombie con lui."

"Bene."

Feci un cenno a entrambi. "Ciao, ragazzi," dissi.

"Signore," disse Alex.

"Jennifer. Lisa," disse Toro.

Alex indossava blue jeans scuri, una camicia bianca button-down aperta sul collo e un blazer nero. Mi fece il sorriso che mi aveva già fatto decine di volte e il mio cuore si sciolse. Lo amavo.

Toro indossava una polo bianca, un blazer marrone che sembrava grande abbastanza da coprire un campo da football e pantaloni cachi così stretti attorno alle cosce che sembravano contenere a malapena i muscoli che nascondevano. Dovevo concederglielo. Era qualcosa da ammirare. Ma quello che mi entusiasmava era che, mentre ci avvicinavamo, lui aveva occhi solo per Lisa.

L'ultima volta che l'aveva vista lei indossava jeans aderenti, decolleté e una canottiera che non lasciava niente all'immaginazione. Tette City. Ma quella sera le carte in tavola erano cambiate. Toro non l'aveva mai vista vestita per una serata fuori. Lisa sembrava sempre carina perché era una dote di natura. Ma con poco sforzo poteva diventare uno schianto. Era chiaro dall'espressione di Toro, che comprendeva un paio di labbra aperte, che era preso da lei. Mi sentivo eccitata per loro. Chissà cosa aveva in serbo la serata?

"Sei deliziosa," disse Alex chinandosi su di me per baciarmi.

"E tu sembri un piatto ben servito."

"È bello vederti di nuovo, Lisa," disse Toro. "Stai benissimo."

Lei prese la sua mano. "Grazie, Mitch. Anche tu stai molto bene."

Quando lui sollevò la mano di Lisa e se la portò alle labbra per baciarne il dorso, mi venne da dire 'Cavoli, esiste davvero'.

Alex vide e capì. Certo che capì. Mi strinse la mano. Io lo guardai e vidi i suoi occhi brillare di malizia. Poi con voce innaturalmente cinguettante, dissi: "Andiamo?"

LA CENA AL DB BISTRO fu deliziosa e nostalgica. Riuscii a vedere di nuovo Stephen, il mio vecchio capo, che ci portò una bottiglia di Veuve Clicquot, uno dei tanti champagne che mi aveva fatto provare durante il breve periodo del mio impiego lì.

"Mi ricordo quanto ti piaceva quando te ne offrivo un sorso," mi disse versando un bicchiere a ognuno di noi. "Dono della casa, naturalmente."

"Grazie, Stephen," dissi.

Mi strizzò l'occhio. "Tu e i tuoi amici siete i benvenuti qui in ogni momento, Jennifer. Lo staff sente la tua mancanza."

"Anche voi mi mancate tutti. Lascia che faccia le presentazioni. Questo è il mio ragazzo, Alex, il nostro buon amico Mitch e la mia migliore amica, Lisa." Colsi del movimento alle sue spalle e dissi: "Sei persone, Stephen. Entrano ora. Guardano verso il ristorante."

"Puoi togliere la donna dal ristorante, ma non il ristorante dalla donna," disse Alex.

"Scusate," dissi. "Riflessi."

"Ecco perché ci manca," disse Stephen. "Godetevi la cena. Verrò più tardi a vedere come procede."

"Mi piace," disse Lisa.

"È stato molto gentile con me," dissi. "Ed è stato un capo fantastico. Sa tutto di vini e cibi. Ho imparato molto lavorando qui." Alzai le spalle. "Sono un po' nervosa, ma sono felice di essere qui, ecco tutto."

Alex mi strinse il ginocchio sotto il tavolo. "Sono contento che tu lo sia," disse. "Ogni volta che ti viene voglia di fare una scappata nel retro per salutare i tuoi amici, penso che tutti quanti capiremo."

E con questo, gli diedi un bel bacio sulla guancia e gli dissi nell'orecchio che lo amavo. "La cena non è ancora arrivata. Vi dispiace se vado ora nel retro a controllare? Sono impegnati in questo momento, quindi mi ci vorrà solo un attimo per salutare."

"Vai pure," disse Alex.

Mi alzai e mi rivolsi a Mitch. "Ci pensi tu ad intrattenere Lisa mentre sono via? E Alex, ovviamente."

"Intratterrò Lisa," disse con un sorriso.

Non scherzava. Anche dopo il mio ritorno, era evidente che intendeva occuparsi solo di lei per il resto della serata. Facevamo conversazione tutti quanti insieme, ma c'erano momenti in cui Lisa e Mitch si isolavano in un loro scambio privato. Io vedevo la mia migliore amica ridere e flirtare e sapevo che era sincera. Non sopportava gli sciocchi. Era chiaro che si stava divertendo, e così anche lui.

"Sembra che stia succedendo qualcosa, da queste parti," dissi ad Alex.

Lui fece un'espressione stupita: "Chi l'avrebbe mai detto che una coppia potesse essere così unita dall'amore per i non morti?"

PIÙ TARDI, DOPO CHE Mitch ebbe insistito per pagare il conto, cosa che me lo fece piacere ancora di più, ci preparammo ad andarcene. Alex tirò fuori il cellulare e digitò un paio di numeri. In pochi momenti, una guardia della sua squadra di sicurezza entrò discretamente nel locale e si fermò vicino alla porta. Gli altri, lo sapevo, ci aspettavano all'esterno.

Abbracciai Stephen, gli dissi che saremmo tornati presto a salutare lui e gli altri e poi mi feci coraggio mentre uscivamo nella notte.

Quel tratto di West Forty-Four Street era incredibilmente affollato, non solo a causa del ristorante, ma anche per i due hotel ai lati, l'Algonquin a destra e l'Iroquois a sinistra. Db Bistrot era l'imbottitura del panino. L'Hotel Royalton era dall'altra parte della strada e il Sofitel di fronte in diagonale. A moltiplicare la confusione e la sensazione claustrofobica si aggiungeva il fatto che la strada era solo a tre corsie e il parcheggio era consentito da entrambi i lati, cosa che di fatto restringeva il passaggio a una corsia e mezza. Taxi e auto si affollavano gli uni sulle altre, facendo ressa per cercare l'opportunità di proseguire.

Sul marciapiede c'erano molte persone. Una giovane donna con il cane passò di fianco a noi correndo con la musica (qualcosa sul genere di Madonna) che strombazzava dagli auricolari. Un uomo più anziano con una camminata decisa strillava nel cellulare a proposito della sua giornata davvero disastrosa. I fattorini degli alberghi erano per la strada e facevano cenni ai taxi.

La squadra di guardie del corpo di Alex arrivò al nostro fianco e io vidi la sua auto parcheggiata in doppia fila davanti a noi, cosa che non faceva nessun altro. Clacson suonavano. Gente gridava dai finestrini di togliersi dai piedi.

Mentre ci avvicinavamo, cominciò a svolgersi tutto al rallentatore quando uno dei tre uomini che ci venivano incontro estrasse una pistola dalla giacca. Un'ondata di timore percorse la folla sul marciapiede. I due uomini a fianco del primo entrarono in azione. Con terrorizzante sfacciataggine sollevarono rapidamente le loro armi e le puntarono contro Alex, nonostante le sue guardie, compreso Toro, stessero estraendo le loro pistole.

Ma erano tutti un millesimo di secondo in ritardo. La distanza tra quegli uomini e Alex diminuiva e il puntatore laser, passando sulla sua fronte si muoveva verso il cuore con una spirale, confermando le mie peggiori paure. Chiunque fosse dietro a tutto questo non se ne sarebbe andato. Faceva sul serio. Per qualche motivo, volevano ucciderlo.

"Mettete via le pistole," disse l'uomo al centro del gruppo alla squadra di Alex.

Io cercai di memorizzare i suoi connotati. Era intorno ai trent'anni, capelli biondi, pelle chiara, abiti scuri, fessura sul mento, ben rasato. La sua voce era così controllata da non lasciare dubbi sul fatto che era conscio del suo vantaggio.

"Sta a voi la scelta," disse. "Mettete giù le armi o lo uccidiamo. Sapete che lo abbiamo in pugno. Fate semplicemente quello che chiedo e forse lui sopravvivrà. Ma solo se collaborate."

"Ubbidite," disse Alex.

Terrorizzata, lo guardai. "No," dissi. "Ti uccideranno."

"Lo avrebbero già fatto. Vogliono qualcosa."

"Tu non lo sai."

"Stai calma, Jennifer."

Guardai dietro a quegli uomini e notai che la gente, affollata sul marciapiede un attimo prima, era sparita. Qualcuno avrebbe chiamato il 911? Qualcuno doveva aver chiamato il 911. Questi uomini non sembravano stupidi. Sapevano di certo che in poco tempo sarebbe arrivata la polizia. Volti impassibili. Mani ferme. Mi ricordavano le guardie di Alex. Questi non erano uomini qualunque. Erano professionisti.

Professionisti inviati da chi?

Un'auto che assomigliava al bestione di Mercedes di Alex si fermò vicino. C'era qualche particolare che me la faceva sembrare nuova. La forma allungata del cofano? I dettagli dei fanali?

L'uomo con la fossetta sul mento disse ad Alex. "Dì all'autista di venire fuori."

Alex si girò verso l'auto e fece un gesto con la mano. "Esci."

Lentamente, l'autista lasciò il veicolo e salì sul marciapiede. Le auto sfrecciavano sulla strada.

"Getta la pistola," disse Alex.

L'autista buttò la pistola sul marciapiede. Quando lo fece, la portiera di fianco a quella dell'autista della loro auto si aprì, seguita da quella posteriore. Io guardai dentro e vidi l'uomo al volante. Capelli neri, barba folta tagliata corta, verso i quaranta. Mi guardò dritto negli occhi e io istintivamente distolsi lo sguardo.

"Entra," disse ad Alex l'uomo con la fossetta.

"No," dissi io.

Alex si girò verso di me con un misto di intensità e tristezza. Sarebbe stata l'ultima volta che ci vedevamo? Non potevo sopportare il pensiero e lo scacciai dalla mia mente.

"Che altra scelta ho?" chiese. "Se faccio resistenza, mi sparano. Se non ne faccio, forse ho una possibilità."

I laser si accesero e puntarono Alex, Toro e me. Evidentemente Lisa era troppo piccola per poter essere considerata una minaccia e dato che loro erano solo in tre, dovevano scegliere i potenziali pericoli. Il tempo a loro disposizione stava per esaurirsi.

Uno degli uomini si fece avanti.

"Butta la pistola," disse a Toro.

"Fallo," disse Alex.

Con riluttanza, Toro ubbidì.

"Sali in macchina," disse l'uomo ad Alex. "Sedile posteriore. Da solo." Guardò Toro. "Se ci segui, lo uccidiamo. È semplice. Scegli tu."

Prima che mi fosse portato via, Alex alzò le mani per mostrare che non aveva niente e poi si chinò per baciarmi sulle labbra. Era un bacio appassionato, pieno d'amore e profondità. Era il genere di bacio di addio. "Non vinceranno," mi sussurrò. "Vedrai."

Io cominciai a cadere a pezzi. "Per favore, non andare."

Ma dopo qualche momento Alex era sul sedile posteriore della Mercedes insieme agli altri uomini e l'auto sfrecciava lontano da noi nella notte.

CAPITOLO QUINDICI

Corsi alla Mercedes di Alex, ma fui subito fermata da Toro.

"Jennifer!" Gridò.

Aprii la portiera posteriore e mi girai a guardarlo. Stava raccogliendo la sua pistola.

"Aspettiamo due minuti," disse.

"Perché? Dobbiamo seguirli, se no li perdiamo."

Toro scosse la testa. "Se li seguiamo ora, soprattutto con questo traffico, ci vedranno e lo uccideranno. Non pensare che non lo faranno. Alex aveva ragione, vogliono qualcosa da lui. Altrimenti gli avrebbero sparato qui in strada." Prese il cellulare e lo accese. "Alex ha un chip in ogni paio di scarpe che possiede. Grazie a questo saremo in grado di rintracciarlo."

Tenne il telefono in modo che potessi vedere lo schermo. C'era un piccolo puntino rosso lampeggiante che si muoveva attraverso una mappa della città. Guardandolo mi resi conto che, con l'eccezione di Lisa, tutto ciò cui tenevo era rappresentato da quel puntino.

"Stanno scendendo lungo la Fifth ora," dissi.

"Due minuti. Ho bisogno che tu mi ascolti. Devi stare qui con Lisa. Lascia che ce ne occupiamo noi."

"Assolutamente non..."

"Ti sto dando un ordine. Fa parte del mio lavoro tenerti al sicuro."

Ma non sarei rimasta in nessun modo lontano da Alex. Mi girai verso uno degli uomini in piedi dietro a Toro. "Resta con lei," dissi, indicando Lisa. "Accompagnala a casa. Fai in modo che non le succeda niente."

"Jennifer," disse Lisa.

Entrai nella parte posteriore della Mercedes prima che Toro potesse fermarmi. "Io starò bene," le gridai. "Tu vai a casa. Tienilo con te finché non hai mie notizie. Non devi lasciare l'appartamento per nessun motivo." Guardai Toro, che mi sembrò furioso con me. Se così doveva essere. Alex veniva prima. "Sono passati tre minuti," gli dissi. "Sali in auto prima che gli accada qualcosa. Tutti quanti. Muovetevi!"

MI UBBIDIRONO.

Toro si sedette davanti al posto del passeggero. L'autista raccolse la pistola e prese posto. Altri due uomini si misero ai miei fianchi, schiacciandomi tra loro. Non c'era spazio per nessun altro, quindi Lisa restò con due uomini a proteggerla. Questo mi dava un po' di conforto.

Ci immettemmo nel traffico, quasi centrando un taxi. Clacson suonarono. Il nostro autista saltò in avanti solo per frenare all'improvviso e non urtare il veicolo davanti. Il traffico non era abbastanza veloce. Vidi il semaforo verde che ci avrebbe consentito di girare a destra sulla Fifth e continuare a seguirli.

Poi diventò giallo. E infine rosso.

"Stanno andando verso est sulla Forty-First Street," disse Toro. "Quando arriveremo sulla Fifth troveremo meno traffico."

Dopo un momento il semaforo cambiò, le auto sobbalzarono in avanti e infine, grazie a qualche miracolo divino, riuscimmo a tagliare a destra sulla Fifth e correre lungo la strada per buttarci a sinistra su Forty-First Street.

In una città invasa dal traffico, anche a quest'ora di notte e con file di semafori non collaborativi, che il nostro autista saltava non appena ne aveva l'occasione, temevo che fossimo troppo indietro per riuscire a fare qualcosa di utile. Mi sporsi in avanti e vidi che c'era un altro puntino sulla mappa. Era blu e sulla piccola mappa illuminata sembrava non essere molto lontano dalla luce rossa lampeggiante.

"Quello siamo noi?" Chiesi.

"Sì, siamo noi."

"Siamo vicini."

"È un'illusione. Loro sono molto più avanti."

"Quanto più avanti?"

"Tre isolati. Loro sono alla Third, noi alla Madison."

"Tre isolati non sembrerebbe..."

"Guarda il traffico, Jennifer. Non è che si sta muovendo molto più veloce, no? Potrebbe migliorare o peggiorare. Prega che non peggiori."

"Dovremmo chiamare la polizia?"

"No."

"Perché?"

"Lo uccideranno. Ci pensiamo noi da soli."

L'auto zigzagò in mezzo al traffico e percorse l'ampia corsia a scorrimento di Park Avenue. I pedoni camminavano davanti a noi e poi saltavano sul marciapiede imprecando quando si rendevano conto che non avevamo intenzione di rallentare.

Ma alla fine non avemmo altra scelta se non diminuire la velocità. Fummo di nuovo ostacolati dal traffico e dovemmo fermarci, cosa che mi fece uscire dai gangheri perché sapevo che perdevamo tempo.

"Si sono fermati," disse Toro.

Mi sporsi in avanti. "Dove?"

"Tra Second e First Avenue."

"Cosa potrebbe esserci, lì?"

"Non so. È più che altro una zona residenziale."

"Dove vive Gordon Kobus?" Dissi.

"Chi?"

"Gordon Kobus. Kobus Airlines. Dove abita?"

"Che domanda strana, cerca su Google," disse Toro all'uomo alla mia sinistra. Poi, a me, disse: "Perché ti interessa Kobus?"

"La Wenn sta per intraprendere un'offerta di acquisto ostile. È solo un pensiero, ma so che Kobus è furioso e pronto a combattere. Fino a che punto arriverà? Cosa è disposto a fare per proteggere quello che ha costruito? Tutte le minacce che Alex e io abbiamo ricevuto sono cominciate non molto dopo che Kobus ha saputo che Alex puntava alla Kobus Air. È tutto quello che ho, a meno che dietro a tutto questo non ci sia Immacolata, ma sappiamo entrambi che è un po' stiracchiata."

"Kobus vive in Park Avenue," disse l'uomo accanto a me. "Sixty-Seventh Street."

"Allora non è Kobus," disse Toro.

"A meno che non abbia una proprietà da quelle parti. C'è modo di scoprirlo?"

"Fai una chiamata," disse Toro all'uomo.

Ma prima che potesse farlo, lontano davanti a noi ci fu un'esplosione così intensa che riuscii a vedere una palla di fuoco alzarsi dal centro della strada. Era come in un film, una nuvola a forma di fungo che ribolliva verso il cielo e si richiudeva su sé stessa finché il fuoco all'interno si esaurì in pennacchi di fumo arancione. L'onda d'urto fu così forte da far letteralmente tremare la nostra auto e bloccare tutti i veicoli davanti a noi. Ci fu uno strano momento di assoluto silenzio in una città che il silenzio non sapeva nemmeno cosa fosse, poi le persone cercarono di uscire dalle auto e correre verso l'esplosione o invece correre per allontanarsi, forse pensando che poteva trattarsi di un attacco terroristico.

Inorridita, guardai da sopra la spalla di Toro il cellulare che aveva in mano. Senza muoversi, lui rimase a fissarlo. Io mi sporsi in avanti per osservare di persona. Il mio stomaco sprofondò a quello che vidi.

Il puntino blu che eravamo noi era rimasto, ma la luce rossa pulsante che aveva rappresentato Alex non c'era più.

CAPITOLO SEDICI

Ma poi la lucetta rossa tornò. Lampeggiò debolmente sullo schermo e tornò a pulsare regolarmente, muovendosi lontano verso est.

"È vivo."

"Andiamo a piedi," disse Toro.

L'autista accostò vicino al marciapiede.

"Stai qui, Jennifer. Ho bisogno che tu mi ascolti. Devo tenerti al sicuro."

"Col cavolo che sto qui."

"Non riuscirai a starci dietro."

Mi tolsi le scarpe con un calcio mentre ci allontanavamo di corsa dall'auto. "Vediamo."

Corremmo, ma Toro aveva ragione. Non potevo reggere la velocità alla quale correvano. Ma sarei morta piuttosto che non essere là per Alex. Loro non erano innamorati di lui, io sì.

Vidi Toro guardarsi alle spalle verso di me e ordinare a uno degli altri di rallentare per correre al mio fianco. Mi stava proteggendo. Gli altri tre si lanciarono in avanti. Mi distrussi i piedi nudi sul marciapiede e ce la misi tutta. E non andai così male: tutto sommato ero in forma.

Corsi veloce quanto potei. Evitai le auto che arrivavano, saltai e scivolai sul cofano di un'auto prima che mi schiacciasse e proseguii per la mia strada. Il mio unico pensiero era Alex. Sapevo che potevo anche essere in corsa verso la mia stessa morte, ma non mi importava. Se lui fosse morto, cosa mi sarebbe rimasto senza di lui? Anche se arrivammo all'esplosione dopo gli altri, cosa che facemmo, chi poteva dire che non avevo niente da offrire? Se avessi potuto, avrei dato la vita per Alex. Ero pronta a farlo. Lui mi aveva dato tanto da meritarlo.

E così corremmo dritti lungo Forty-First Street finché non arrivammo a un orrore inimmaginabile.

A METÀ TRA SECOND E First Avenue, l'auto in cui era stato costretto a salire Alex stava bruciando ed era praticamente irriconoscibile. Due uomini stavano arrostendo all'interno, il fuoco si era ormai impadronito dei loro corpi al punto che le fiamme uscivano dalle bocche aperte come lingue di serpente.

Come era successo? Alex c'entrava qualcosa? Doveva essere così. Ma come? Aveva sottratto la pistola a qualcuno e gli aveva sparato? Aveva sparato al motore e così causato l'esplosione? Forse non l'avrei mai saputo.

Toro era già oltre il fumo, che aveva un odore quasi dolce a causa dei corpi che bruciavano. Potevo vedere che lui e gli altri due uomini avevano le pistole spianate. Non molto lontano dietro di loro c'era l'East River. Sentimmo delle grida mentre ci avvicinavamo a loro e poi ci fu una sparatoria.

Fu il caos e l'uomo alla mia sinistra mi prese per il braccio e mi tirò sul marciapiede, trattenendomi.

Io lottai contro di lui. "Lasciami andare!"

"No."

"Devo andare da lui. Qual è il tuo problema?"

"Lei sarà solo d'intralcio. Mi dispiace, Miss Kent, ma per lei finisce qui. Lasci che facciano il loro lavoro." Altri spari, questa volta in rapida successione. "Vuole davvero stare là in mezzo?"

Io combattei, ma lui era troppo forte per me. "Tu non sai cosa diavolo voglio. Non hai idea di cosa significa lui per me." Quando gli sputai in faccia, restò abbastanza scioccato da lasciare che mi liberassi il braccio; gli diedi un pugno forte nelle parti basse e lo guardai accasciarsi. Non potevo credere di averlo messo k.o. Si teneva con le mani e si contorceva.

"Mi dispiace," dissi.

Poi presi la sua pistola e tornai a correre.

ATTRAVERSARE FIRST Avenue all'altezza di Forty-First Street sarebbe stato un incubo durante il giorno, ma di notte non era così male. Tenendo la pistola in posizione davanti a me, arrivai di corsa dall'altra parte della strada, saettando tra le auto che mi venivano contro e dirigendomi nel punto in cui avevo sentito gli spari un momento prima.

Quando fui al sicuro, mi spostai verso il lato destro del marciapiede e cercai dappertutto Toro e i suoi uomini, ma non vidi nessuno tra le luci e le ombre. Mi affrettai verso FDR Drive, alzai lo sguardo verso il ponte che baluginava sopra di me, girai a sinistra e a destra, chiedendomi dove fossero quando udii un singolo sparo, proprio alla mia sinistra, seguito da altri cinque.

Con il dito sul grilletto girai l'angolo e vidi due uomini a faccia in giù nella strada e, lì accanto, quello che sembrava Toro che si azzuffava con un altro uomo.

Tutto il traffico si era fermato.

Nell'aria ululavano le sirene.

La gente restava nelle proprie auto, ma dato che tenevano i fari accesi potevo vedere abbastanza bene da riuscire a correre verso il ponte, saltare sul supporto di cemento che lo reggeva e andare alla carica verso di loro.

Toro stava lottando con l'uomo dai capelli biondi e la fossetta sul mento. Non c'era traccia di Alex. Io corsi dritto verso di loro con i miei piedi nudi rovinati e puntai la pistola alla testa dell'uomo biondo.

"Allontanati da lui," dissi. "Subito, o giuro su Dio…"

In un lampo, l'uomo si spinse lontano da Toro e mi puntò la sua pistola. Per riflesso io sparai, ma lui fece altrettanto.

I due spari furono contemporanei.

Quando mi resi conto che l'uomo biondo stava cadendo di faccia in mezzo alla strada, mi accorsi, mentre tutto intorno diventava nero, che stavo cadendo anch'io.

CAPITOLO DICIASSETTE
UN MESE DOPO

New York City
Ottobre

Nel mese che seguì io guarii, reagii al dolore, sentii una perdita inimmaginabile che non riuscivo a colmare e feci progetti per il futuro. Ora, il giorno che temevo più di tutti era arrivato: era mattina e dovevo ritornare al lavoro.

L'ultima cosa che avrei voluto era rientrare in quell'edificio, dove tutti i ricordi di quello che Alex e io avevamo fatto insieme mi avrebbero colpita, ma dovevo superarlo. La Wenn era il mio futuro. La sera prima mi ero preparata per tutto quello che sarebbe successo.

Come sarà senza Alex?

Non avevo risposta.

Lisa uscì dalla sua camera ed entrò nel soggiorno. Si era presa cura di me dal giorno della sparatoria e si era attaccata a me come se avessi dovuto andarmene e non fare più ritorno. Per quanto possa sembrare ridicolo, considerato lo stress che avevo subito, penso che una parte di lei lo temesse davvero.

"Tutto bene?" Mi chiese. "Come va il braccio?"

"È a posto," dissi. "Mi ha sparato, ma ha sbagliato mira. Sono solo contenta che quel figlio di puttana sia morto. Chiunque fosse." Mi abbattei. "Scusa... non volevo essere brusca. Sono solo tesa."

"Capisco. Sei carina."

Avevo indosso un tailleur nero di sartoria che veniva dalla Blackwell: un dono per me fattomi recapitare il giorno prima insieme a una nota che diceva che era ansiosa di rivedermi e mi dava il bentornato. Naturalmente, il vestito mi andava alla perfezione.

"Come farai oggi?"

Anche se Alex era stato dichiarato morto tre settimane prima, io ancora non riuscivo a immaginare o realizzare questo fatto, così non ebbi una risposta immediata. Ero molto concentrata sul far passare la giornata, con tutto quello che comportava. Rimasi a guardarla. Non avevo parole.

Alex era stato ucciso. Quando mi ero svegliata in ospedale la mattina dopo quella notte, Toro mi aveva detto che Alex era caduto all'indietro dentro l'East River a causa di un colpo di pistola. Gli elicotteri avevano percorso la zona in circolo con i fari nel tentativo di trovarlo. La polizia aveva cercato dovunque. I sommozzatori avevano esplorato il fiume. Ma nessuno aveva trovato niente. Toro aveva detto che avevano fatto del loro meglio, ma questo mi rendeva più facile accettare la notizia? Proprio no. Il dolore esigé il suo tributo, la sofferenza mi mise in ginocchio, la pena mi abbatté più di quanto avesse mai fatto mio padre. Dopo quattro giorni di ricerche, Alex era stato dichiarato scomparso e morto.

"Alexander Wenn, 30 anni, Morto," aveva titolato il *Times* in prima pagina. E, nello stile tipico del *Post*, il loro titolo era più che crudele, in puro stile tabloid: "Alexander Wenn Morto. Uno squalo in pasto agli squali?"

Seguirono i necrologi, dei quali nessuno coglieva l'uomo che io avevo amato. Nessuno parlava di chi fosse Alex come persona. Non uno aveva rivelato l'uomo amoroso, generoso, meraviglioso che io avevo conosciuto e del quale sentivo la mancanza con una stretta al petto che mi opprimeva. Parlavano tutti brevemente dei risultati che aveva raggiunto e nominavano i suoi genitori famosi e la loro fine improvvisa, ma mai una volta arrivarono a parlare di Alex come uomo. Avevano almeno capito come aveva sollevato la Wenn negli ultimi anni? No. Ma quel giorno sarebbe arrivato. Me ne sarei occupata personalmente.

Fino a quel giorno, nessuno era stato assicurato alla giustizia, cosa che a me sembrava incredibile, anche se Alex una volta mi aveva avvisata che avremmo potuto non sapere mai chi ci fosse dietro alle minacce che stavamo ricevendo.

Ricordavo bene cosa mi aveva detto la prima volta che eravamo stati attaccati: *Non tutti i misteri hanno una soluzione, Jennifer. Devi essere preparata al fatto che potremmo non sapere mai chi è stato. Questo non è né un libro né un film, dove tutto si risolve magicamente alla fine. Quelle sono storie inventate. Questa è la vita vera e la vita vera spesso non ci soddisfa. Chiunque ci abbia aggrediti potrebbe essere contento di avermi spedito in un letto di ospedale. Potrebbe essere tutto quello di cui avevano bisogno per sentirsi vendicati di qualunque cosa pensavano di dover vendicare. Potrebbe finire così o potrebbe essere solo l'inizio. Finché non avrò parlato con la mia squadra, è tutto quello che so. E questa è la verità.*

E poi c'era stato questo scambio: *"Chi potrebbe volerti uccidere?"* Chiesi. *"Fai la tua scelta. La Wenn ha assorbito dozzine di società e aziende. Abbiamo buttato persone fuori dagli affari. Altri hanno perso il lavoro a causa nostra. Mio padre è stato spesso bersaglio di minacce. Come ti ho detto, per me non è niente di nuovo, con l'eccezione di quello che è appena successo. Nessuna minaccia è mai arrivata a questo punto. Altrimenti, ci sono abituato."*

"Che razza di vita è questa?"

"La vita che ho ereditato da mio padre."

Quello che sapevo era che dietro tutto questo non c'era Gordon Kobus. A causa mia, era stato indagato, interrogato e infine rilasciato come sospetto. Stessa cosa era successa a Immacolata. Sapevo che il suo coinvolgimento era un azzardo, ma non potevo escluderla a priori. Ora invece, avevo una conferma. Si era scoperto che Immacolata non era la puttana assassina che pensavo. E il cameriere nella fotografia che mi era stata inviata? Si era rivelato pulito, come altri uomini e donne sui quali erano state fatte le indagini. Mentre ero in ospedale, la Blackwell mi aveva detto che l'indagine era ancora in corso e avrebbe potuto richiedere mesi.

Mesi? Davvero? Per qualcuno del livello di Alex? Non ci credevo.

In quel momento, guardai l'orologio. "Devo andare," dissi a Lisa. "Altrimenti farò tardi."

"La Blackwell non te lo permetterebbe."

"A questo punto, penso che mi darà un po' di tregua."

"Sono contenta che tu abbia lei."

"E anche te. Mi mancherai, oggi. Sei stata al mio fianco per un mese. Grazie per tutto quello che hai fatto per me, Lisa."

"Sarò sempre con te, Jennifer. Ora vai. Ce la puoi fare. Ne parleremo."

Ci scambiammo un breve e significativo abbraccio prima che io mi girassi in lacrime e andassi ad affrontare la mia nuova vita.

QUANDO ARRIVAI IN LIMOUSINE con una guardia al mio fianco e una al volante, trovai la Blackwell nell'atrio ad aspettarmi.

Trovarla lì fu una piacevole sorpresa. Non la vedevo da due settimane, da quando era passata dal nostro appartamento per aiutarmi a pianificare il mio nuovo ruolo alla Wenn. Ed era stato un sollievo vederla. Non avevo nascosto la mia emozione. Quando la vidi nell'atrio, vicino agli ascensori, ad aspettarmi, affrettai il passo e mi buttai tra le sue braccia.

Per un momento restammo vicine, ci tenemmo senza dire nulla. Io sentii il suo calore e sapevo che lei sentiva il mio. Che viaggio avevamo percorso. Dall'insultarci a vicenda, al rispettarci e infine al volerci bene. E io le volevo davvero bene. La amavo più di mia madre.

Dopo un po' le dissi nell'orecchio: "Mi sei mancata tanto."

Ogni traccia dello spirito caustico che mi ero abituata ad associare a lei era scomparso quando disse: "Sei la mia terza figlia, Jennifer. Qualche volta, a causa del modo in cui ho trattato le mie vere figlie, penso che tu sia come una seconda possibilità."

Si allontanò da me e mi mise un dito sotto il mento.

"Sei troppo carina per piangere. Forza, fammi un sorriso. E asciugati gli occhi. Così va meglio. So che i tuoi sentimenti sono contrastanti oggi, ma è un nuovo inizio. Spaventoso, sì. Triste per molti aspetti. Ma lasciando andare tutto quello che sai e sapendo che Alex sarà sempre una parte essenziale della tua vita, andrai avanti con lui al tuo fianco e a guardarti le spalle. Non ho dubbi che sarà sempre con te. Ora, guarda. Il Consiglio mi ha dato un po' di documenti che dovresti firmare e ci sono altre cose sulle quali ti devo aggiornare. Quindi, andiamo nel mio ufficio e parliamo."

"Prima vorrei vedere il suo ufficio," dissi.

PRENDEMMO L'ASCENSORE per il quarantasettesimo piano, che era poco illuminato come al solito quando uscimmo dalla cabina. C'era anche un odore stantìo, come se questo spazio fosse stato dimenticato.

Questo fatto mi colpì. Non si stavano occupando di questo piano come dovevano? Era ovvio. Ne avrei parlato con la Blackwell più tardi. Mi guardai intorno in cerca di Ann, l'assistente di Alex, ma non c'era traccia di lei. La Blackwell e io girammo intorno alla sua scrivania e vidi che era stata sgombrata. Se ne era andata.

"Dov'è Ann?"

"Riassegnata."

"Dove?"

"Ha una buona posizione, non preoccuparti. Me ne sono occupata io."

"È stata molto gentile con me quel primo giorno, quando l'ho conosciuta. Mi ricordo che mi ha chiesto se volevo un martini e io mi sono detta: 'Chi diavolo beve un martini a mezzogiorno?' Lei ha detto che lo avrebbe preparato liscio come seta e freddo come gennaio, e così è stato. Avrei voluto conoscerla meglio. Mi sembrava una persona speciale."

"Lo è. E la vedrai in giro. Quella è una donna che ti raccomando di imparare a conoscere. È una vera professionista. Buon matrimonio. Adorabile bambino. Maniere impeccabili. Sempre precisa sul lavoro. E sa come vestirsi. Voi due potreste diventare amiche. Me lo posso già immaginare." Si spostò verso l'ufficio di Alex. "Sei sicura di voler entrare?"

Considerati tutti i ricordi che stavano per colpirmi ero terrorizzata all'idea di varcare quella soglia. Ma per poter andare avanti con un nuovo passo nella mia vita avevo bisogno di andare lì dentro un'ultima volta e chiudere questo capitolo. Così dissi: "Sì, sono sicura."

QUANDO ENTRAMMO NELLA stanza, potei sentire il lieve odore di pelle e quello ancora più debole di fumo di sigaro, nessuno dei quali era spiacevole.

Alex non fumava sigari, ma una buona parte degli uomini che aveva incontrato in questa stanza nel corso degli anni ovviamente sì, e l'odore si era radicato. Anche ora aleggiava nell'aria e l'effetto era piuttosto rilassante.

Non c'erano finestre, solo muri pannellati coperti di quadri e una lampada Tiffany che, quando la Blackwell l'accese, proiettò caldi ed elaborati aloni sul tavolo alla mia destra.

Di fronte a me c'era la sua scrivania, sulla quale campeggiava un grande portafotografie in argento che non ricordavo di aver visto prima. Mi avvicinai e vidi che era una fotografia di lui e me presa al primo evento al quale avevamo partecipato, quando ero stata assunta per fingermi la sua fidanzata, prima di diventarla davvero. Nella fotografia stavamo sorridendo. La Blackwell mi seguì e mi mise una mano sulla spalla.

"Sei sicura che vuoi essere qui?" Chiese.

"Qualche volta bisogna affrontare il passato prima di potersene davvero allontanare. So cosa mi aspetta con la Wenn. Tu e io sappiamo cosa mi lascio alle spalle. Quindi, sì, voglio essere qui. Penso di averne bisogno per ricordare come eravamo lui e io prima di quella sera. Il Consiglio pensa che sia semplice. Pensano che sia semplice allontanarsi da tutto. Ma io posso dirti che non lo è. Sono contenta di essere qui e di ricordare il giorno in cui Alex mi ha fatto il colloquio la prima volta. È andato liscio come seta, davvero." Mi girai verso di lei. "Questo lo devo a te. Nessun altro avrebbe potuto farmi entrare qui. Te ne sono grata, Barbara."

"E così ci siamo," disse. "Dopo tutto questo tempo, chi l'avrebbe pensato? Finalmente mi hai chiamata 'Barbara' senza che te lo dovessi ricordare io."

Avevo la voce strozzata quando mi guardai intorno nella stanza e osservai la foto di Alex e me prima di parlare. "È vero. E sai perché."

Quando mi venne vicina e mi appoggiò le mani sulle spalle, cominciai a singhiozzare di nuovo. Non riuscivo a controllarmi. Mi tenne finché fui in grado di rimettermi in sesto. Quando ci riuscii, distolsi lo sguardo dalla fotografia, lasciai la stanza e il profumo di lui alle mie spalle e mi diressi verso il nuovo capitolo della mia vita.

DOPO AVER FIRMATO TUTTI i documenti nell'ufficio della Blackwell, ci guardammo e capimmo che non c'era rimasto altro da dire, almeno per ora. Avremmo solo prolungato l'inevitabile.

"Bene," disse. "Hai il passaporto?"

"Sì."

"È tutto quello che ti serve. Sei pronta? C'è qualcuno che vorresti salutare?"

"Solo te. Ma l'ho già fatto. E non è un addio, è un 'arrivederci a presto.'"

"Certo, è così."

"Sai, non avrei mai pensato di lasciare Manhattan. Almeno, non dopo aver cominciato a guadagnare abbastanza da potermi permettere di vivere qui. E lasciare Lisa è probabilmente la cosa più difficile di tutte."

"Lo immagino. So che le vuoi davvero bene. Ma lei e Toro sembra che stiano bene insieme. Non sarà sola."

"Spero che funzioni tra loro."

"Solo il tempo lo dirà. Ora devono farcela da soli."

Si alzò e si lisciò la gonna con le mani. C'era una cupa tristezza in lei e intuivo che stava cercando di nasconderla. In un certo modo mi sembrava più anziana. Stressata. Nessuna delle due voleva salutarsi.

"Dobbiamo farti portare all'aeroporto," disse. "È un volo lungo, ma il Consiglio si aspetta che tu cominci il lavoro domani." Alzò il telefono e digitò tre numeri. "Jennifer Kent è pronta. Stiamo scendendo ora. Fateci trovare la macchina."

LASCIATO L'ASCENSORE, attraversammo in silenzio l'atrio, dove Toro ci stava aspettando a una delle porte. Era preparato per l'occasione. Pistola al fianco. Pantaloni neri, camicia nera, stivali neri. Muscoli in evidenza. Solido e minaccioso come sempre. Forse più di prima, dopo quello che era successo ad Alex.

"Non mi mancherà il fatto di uscire per le strade di New York nel terrore," dissi alla Blackwell. "Almeno c'è un lato positivo."

"Ti stiamo evitando questa preoccupazione. Tornerai quando la bestia che ha fatto questo ad Alex e te sarà catturata e in mano alla giustizia."

Quanto tempo ci vorrà?

"Ciao, Toro," dissi quando ci avvicinammo.

Lui fece un cenno con il capo. "Jennifer."

Toro tese la mano perché gliela stringessi, ma io la spostai da una parte, gli diedi un abbraccio e gli dissi in un orecchio: "Prenditi cura di lei per me, lo farai?"

"Consideralo fatto."

Guardai fuori dai vetri. "Quella è l'auto?"

"Quella è l'auto."

Presi fiato, mi allungai e strinsi la mano della Blackwell e, con le lacrime agli occhi per tutto quello che mi lasciavo alle spalle e per tutto quello che mi aspettava, lasciai che Toro mi guidasse.

Il marciapiede era affollato. Sentii il sole sul volto e la brezza fresca sul collo. Sembrava solo ieri che avevo lasciato la Wenn dopo il colloquio con la Blackwell e l'incontro con Alex, per tornarmene a casa a piedi con i tacchi alti verso l'appartamento di East Tenth Street, che in agosto era una sauna e Lisa e io non avevamo soldi nemmeno per un banale condizionatore. Ora, l'autunno si era impossessato di Manhattan e si stava benissimo.

I finestrini della limousine erano talmente scuri da essere quasi neri: un'altra misura di sicurezza. Quando Toro aprì la portiera per me vidi la guardia seduta sul sedile posteriore dell'auto e l'autista al volante. Senza incidenti entrai, mi sedetti vicino all'uomo in divisa e mi allontanai dalla porta, che venne chiusa. Quando anche Toro fu salito, l'auto si mosse nel traffico.

E Alex, mascherato da guardia del corpo, si allungò e mi prese la mano.

CAPITOLO DICIOTTO

Settimane di pianificazione ci avevano portati a questo punto. E anche se ero distrutta dal dover lasciare Lisa, la Blackwell e Manhattan, c'era una sola direzione che la mia vita poteva prendere, ed era viverne il resto con Alex.

Quello che mi preoccupava maggiormente era lasciare Lisa. Sarebbe stata bene? Io sarei stata bene senza di lei? Mi ero assicurata che l'attico restasse suo e che la Wenn per il futuro assorbisse il mutuo e tutti i costi associati, in modo che lei potesse sempre avere una casa, ma questo non implicava che sarebbe stata tutti i giorni nella mia vita, come era stato per anni. In pochi sapevano quanto era profonda la nostra relazione. Comunque, quando avevo discusso con lei le possibilità, avevamo entrambe concordato sul fatto che dovevo stare con Alex.

"Non è che stiamo proprio per sposarci, Jennifer... anche se probabilmente funzionerebbe meglio di molti matrimoni, non pensi?"

"Non avere cose di cui parlare contro l'andare a fare shopping a ogni occasione sarebbe già un cambiamento," dissi.

"E dato che non ci sarebbe sesso, potremmo diventare decisamente grasse."

"La Blackwell non lo permetterebbe. Ci chiuderebbe la bocca con il nastro adesivo."

Lei mi abbracciò. "Vai e vivi la tua vita. Hai avuto una seconda possibilità. Non succede a molti. Io non mi metterò certo di mezzo e non lascerò nemmeno che tu perda l'occasione."

Mi sarebbe mancata moltissimo, ed era uno dei motivi per cui quella giornata per me era stata così difficile. Sapevo che sarebbero passati mesi o anche anni prima di poterla rivedere e questo mi dava un tale senso di perdita che mi sentivo a pezzi.

E poi c'era la Blackwell. Non volevo lasciare nemmeno lei. Ma lo stavo facendo. Mentre percorrevamo la Fifth ero piena di una tale miscela di emozioni che quando infine guardai Alex, lui colse il mio sguardo smarrito e disse: "Lo so, è difficile."

"Sì, ma sono così felice di vederti," dissi. "Non ne hai idea."

Si tolse il cappello e si avvicinò per baciarmi. All'inizio fu un bacio delicato, ma poi divenne più ardente quando i nostri corpi alla fine entrarono in contatto. Lui strinse le braccia attorno a me, mi portò nel suo grembo e mi accarezzò dolcemente i capelli prima di guardarmi. "Ce la faremo," disse.

"Non abbiamo molta scelta."

"Solo tu e io su un'isola privata. Un posto dove pochi sono stati o di cui non si è sentito parlare. Davvero piccola. Remota. Poche case, una pista d'atterraggio e una bellezza indicibile. Gestiremo la Wenn da là. Insieme. È un mondo globale, Jennifer, tutto connesso via Internet. Per noi è già tutto pronto. Se prendono il bastardo che ci ha fatto questo, forse decideremo di tornare. O magari decideremo di restare in paradiso e crescerci una famiglia. La cosa importante per me è che potremo finalmente stare insieme senza alcuna minaccia alle nostre vite. Non hai idea di quanto mi sei mancata. O di quanto ti amo."

"Sì, invece." Lo baciai con decisione sulle labbra, sentii la sua barba corta contro la guancia e sentii il mio corpo reagire a quel ricordo. "Mi puoi sentire?" Gli chiesi.

Lui annuì.

"No," dissi. "Intendo la mia anima. E il mio cuore. Questo è quello che intendo. Puoi sentirmi?"

"Ti sento."

"Questo è quanto ti amo. Spero che tu possa cogliere almeno una parte di quello che provo per te. Spero che il mio sentimento ti penetri nel profondo e ti riempia nel modo in cui mi riempi tu. Perché ha potuto crescere per un mese e ora... è stato liberato."

Questa era la prima volta che Alex e io ci vedevamo da quando si era tirato fuori dall'East River ed era rimasto nascosto. La pallottola gli aveva sfiorato la spalla sinistra e lui era caduto all'indietro nel fiume, ma era riuscito a risalire sul molo che termina in Forty-First Street ed era sgusciato via nella notte prima che gli elicotteri, i sommozzatori e la polizia iniziassero le ricerche. L'istinto gli aveva detto di correre e così aveva fatto.

Quando era riuscito a chiamare la Blackwell per dirle che stava bene, la macchina della Wenn si era messa in moto. Alex era stato recuperato e gli era stata fornita assistenza medica. Si era deciso che per il momento sarebbe stato dichiarato morto. Era stato portato in una casa sicura in città e gli era stato ordinato di non uscirne. Dopo essere stata dimessa dall'ospedale, a me era stato chiesto di restare nel mio appartamento. Nessuno mi poteva vedere. Alex e io non dovevamo comunicare finché non fosse stato definito un piano per portarci fuori dal Paese. Non parlare con lui e non poter stare con lui era stato un inferno. Ma dopo tutto quel tempo, ora eravamo insieme. Finalmente.

"Dove andiamo?" Gli chiesi.

"Da qualche parte nel profondo Pacifico. Non ha un nome. È semplicemente un'isola che possiedo. Non l'ho mai battezzata."

"Saremo gli unici lì?"

"No. Ann, la mia ex assistente, si è trasferita lì con la famiglia. Sono già lì e occupano gratuitamente una delle case. Lei lavorerà per noi. Il marito è un mago dei computer, ma vuole restare in secondo piano, così si prenderà cura dei terreni. Penserà lui all'istruzione del ragazzo. È certo che ci sia molto da imparare dall'oceano e dalla terra."

"Mi è piaciuta molto Ann, quando l'ho conosciuta."

"Ho idea che tutti noi diventeremo buoni amici. So cosa pensi, perché la Blackwell mi ha parlato delle tue preoccupazioni: come faremo a vivere così isolati? Sopravvivremo grazie al pesce procurato dai molti pescatori delle isole vicine. Ci sono numerosi alberi da frutto sulla proprietà: non crederai ai tuoi occhi. Acqua potabile, carne, pollame e altri beni ci verranno consegnati una volta al mese per via aerea, congeleremo qualcosa, se ce ne sarà bisogno. La verdura fresca sta cominciando a crescere in un giardino che è stato preparato apposta per noi e anche parte di quella si può congelare, comprese le erbe che penso ti piacerebbero. Dovremo fare delle aggiunte per qualche mese, ma non sarà un problema. Avremo uno stile di vita sostenibile. Lasceremo Manhattan, le sue minacce e le sue falsità. La Wenn è sempre mia. La Wenn è ancora tua. La Wenn è nostra."

"Quando sapranno i media che sei ancora vivo?"

"Nel momento in cui atterreremo sull'isola, la Wenn rilascerà un vago comunicato stampa per dire che sono vivo. I miei avvocati hanno la prova documentata della mia esistenza in vita: i media la richiederanno, così abbiamo preparato un video che gli invieremo. Dopo questo, il mondo saprà che sono sempre a capo della Wenn ma nessuno al mondo saprà da dove. Nessuno riuscirà a trovarci. Siamo solo tu e io. Sei pronta?"

Sorrisi e gli sfiorai il volto con il palmo della mano. "Sarei qui, ora, se non la fossi?"

Lui mi baciò la mano. "Ancora una domanda," disse.

"Quale?"

Infilò la mano nella tasca della giacca e ne estrasse una piccola scatola blu. Io chiusi gli occhi al pensiero di quello che stava per succedere. Lui aprì la scatola e io vidi uno stupendo anello di brillanti. Non era orribile. Non era piccolo. Era scintillante e perfetto.

"Mi vuoi sposare, Jennifer? Sarai mia moglie?"

"C'è bisogno di domandarlo?" Chiesi.

Passò un'ombra di malizia nei suoi occhi quando disse: "Veramente, sì. Per motivi legali, io ho bisogno di saperlo."

"Certo che voglio," dissi. "Voglio essere tua moglie."

"Hai sentito, Toro," disse Alex mentre mi infilava l'anello al dito. "Jennifer Kent ha accettato di diventare Jennifer Kent-Wenn."

"Ho preso nota, signore."

Ma io scossi la testa. "Non ho accettato per niente quello che hai detto."

Alex corrucciò lo sguardo e mi guardò interrogativo.

"Ho accettato di essere tua moglie. Non c'è nessun Kent di mezzo. Voglio essere semplicemente Jennifer Wenn. Sono completamente tua."

"Hai sentito tutto, Toro," disse Alex.

Ma prima che Toro potesse rispondere, Alex mi trascinò sul suo grembo. Le sue labbra furono sulle mie e le sue mani sulla mia vita. E mentre lasciavamo Manhattan per un nuovo mondo con nuove avventure e sfide, io sapevo nel mio cuore di aver preso la migliore decisione della mia vita.

ORDINE DI LETTURA

BRUCIA CON ME, VOLUMI 1-HOLIDAY EDITION
LIBERAMI, VOLUMI 1-3
BRUCIA CON ME, VOLUMI 6-8
BRUCIA CON ME: HOLIDAY EDITION, 2
RAPITA DA TE
BRUCIA CON ME: VENDETTA
BRUCIA CON ME: HOLIDAY EDITION, 3
LIBERAMI: MATRIMONIO
UN NATALE IN STILE BLACKWELL

ROMANZI IN VOLUME UNICO:
CHANCE
RAPITA DA TE
PERSA SENZA TE
PERSA IN TE

QUESTA storia si svolge lungo cinque romanzi. Ognuno segue e prosegue la storia di Jennifer Kent e Alexander Wenn.

Proseguite la serie Brucia con Me con Brucia con Me vol. 4.

Venite a trovarmi sul mio sito web: ChristinaRoss.net

Adoro chattare con i miei lettori. Lì, qualche volta offro dei regali. Vi aspetto!

Se vorrete lasciare una recensione di questo libro, lo apprezzerò. Le recensioni sono importanti per ogni scrittore. Grazie!

Baci!

Christina